あさ酒

原田ひ香

祥伝社

あさ酒

あさ酒　目次

装画　ａｇｏｅｒａ
装幀　名久井直子

第一酒

新宿　モーニング

特徴的な濃いブラウンの立て看板に導かれるように店に入っていくと、すでに一番奥の席に犬森《いぬもり》祥子《しょうこ》が座っていた。彼女は、水沢《みずさわ》恵麻《えま》の顔を見ると、ほっとしたように軽く手を上げた。

「おはようございます」

「大丈夫？」

祥子は挨拶《あいさつ》よりも前に聞いてきた。主語も述語もないけれど、恵麻にはその意味がわかった。

「あ、はい」

そう返事をすると、祥子は笑顔になった。

「何か好きなもの買ってきたら……いや、何でも好きなものを選んでいいから、私がごちそうする。私も何か食べよう」

祥子の前にはコーヒーだけが置かれていた。それを飲みながら待ってくれていたのだろう。

一緒にレジの前に立ち、モーニングやランチ、そして、たくさんの種類のビールが並んでいる写真入りのメニューを見上げた。

新宿東口《しんじゅくひがしぐち》にある、お酒も飲めるカフェだった。モーニングは「モーニングセット」「モーニングミール」「モーニングプレート」「マイスターモーニング」「モーニングDX」と五種類あり、そのどれもにこんがり焼いたトーストとポテトサラダが付いていた。さらにそれにゆで卵だったり、半熟卵だったり、ハム、ソーセージ、パテなど、セットによって付いているものがいろいろ違う。

その隣にはビール、黒ビール、ハーフ&ハーフなどがあった。朝から飲めるらしい。

「私……モーニングセットとビールにしようかな」

恵麻の前にいる祥子のつぶやく声が聞こえた。

「え。お酒飲むんですか？」

「うん。だって、仕事終わりでしょ。あなたも……朝だけど、普通の人からしたら、会社帰りに一杯飲むのと同じことじゃない」

「なるほど、そうですね」

恵麻は急に、自分も何かアルコールを入れたくなった。

「……やっぱり、モーニングDXと黒ビールにしよう」

モーニングDXは一番高いモーニングセットだ。パンとポテトサラダの他に、ポークハム、ベーコン、ゆで卵、チーズがぎっしり並んでいる豪華な一皿だった。

「じゃあ、あたし、マイスターモーニングと黒ビールにします」

写真で見るマイスターモーニングには、やはりパンやサラダの他に、肉のパテがのっていた。ビールに合いそうだ。

「いいわね……じゃあ、私が一緒に注文するね」

「ありがとうございます」

「この年末は実家に帰るの？」

「いえ、たぶん、帰らないと思います。お金ももうあんまりないし」

おしゃべりしていたら順番が来たので、祥子が店の女性に頼んだ。

「モーニングＤＸとマイスターモーニングで、それぞれ黒ビールにしてください」

「はい」

店員がレジに打ち込む時に、祥子が言い直した。

「あ、やっぱり、一つ黒ビールやめて、コーヒーにしてください。もう一つはそのままでいいです」

「え」

後ろにいた恵麻は思わず、叫んでしまった。祥子がアルコールを頼むというから自分も同じようにしたのに、話が違うじゃないか。

「……ごめんね、これから、本業の方でまだ働かなくちゃいけないの、忘れてた。人に会わなきゃいけないし、掃除もあるんだった。あなたはゆっくりビール飲んでね」

なんだか、軽くだまし討ちにあったような気がしたが、ビールが飲めるのでよいとすることにした。お互い、一つずつプレートを持って、席に戻った。

「じゃあ、お疲れ様」

祥子はコーヒーを軽く持ち上げて、乾杯《かんぱい》のようなしぐさをした。

「お疲れ様です」

ぐっと黒ビールを飲むと、それは苦みとともに喉《のど》を落ちていった。

「あ、おいしい」

「おいしいよねー、ここの黒ビール。もともとおいしいビールだけど、ビールサーバーの管理もちゃんとしているんだろうね」

「そうなんですね。あたし、そこまでお酒に詳しくなくて」

「私だって、素人《しろうと》だよ」

祥子は楽しそうに笑う。

「この仕事、やっぱり、気を遣うし、他の仕事にはない疲れ方をするから、その日その日でちゃんと疲れを取った方がいいよ」

「そうですね、頑張ります」

「そんなに、気を張って頑張らなくてもいいけどね」

「はい……」

「で、どうだった？　鎌本《かまもと》さん……」

「あ」

恵麻が今日、会ってきた人の名前だ。

「なんとか、やってきましたけど、大丈夫かどうか」

「そう」

祥子はこんがり焼けたトーストに、バターを丁寧《ていねい》に広げた。それにハムをのせてパクリと食べた。

「おいしそうですね、それ」

「うん、おいしいよ。ここの店のものはなんでもおいしい……鎌本さんってどんな人だったの？」

「真面目《まじめ》そうな人でしたね」

「ふーん」

「たぶん、いろいろ疲れているんだろうなあって思いました」

「最近は皆、そうよね」

祥子はバタートーストをかみしめながらうなずいた。


数ヶ月前、恵麻が会社を辞めると、故郷の両親はとても心配した。

まあ、当たり前だと思う。

学生の頃から五年も付き合ってきた。同棲《どうせい》していたし、婚約までしてお互いの両親や家族に紹介し、結婚式場を探し始めた時、不意に別れを告げられたのだ。

「結婚式の話をしている時、ちょっと違うかなあって思った」

それが彼の言い分だった。

意味がわからない。式場巡りはまだ数軒だけ。恵比寿《えびす》にある高級ホテルを見て「やっぱり、高すぎるよねえ、無理だよね」と笑いながら言い合い、青山《あおやま》にある結婚式専用の式場を見て「悪くないね、でももう少し他も見てみよう」と話し、有名神社に併設された式場に行って「素敵だけど、和装は高いね」とうなずき合い……それだけで、どこで人生を徹底的にひっくり返す「違い」が生まれたのか、まるでわからない。

「どういうこと？　何か、あたしに悪いところがあったら言って。変えられることなら、変えるし」

恵麻はそう尋ねた。婚約者に別れを告げられた女性なら当然とも言うべき質問だった。

「うーん」

相手……タケルという男だった……は首をひねった。

「説明できない。だけど、たぶん、人生を一緒にやっていくことはできない、決定的な違いを感じたんだ」

決定的な違い。

「こういうのって一度、気がついたら、もう後戻りってできないと思う。溝はどんどん深まっていく。今はまだ、恵麻のこと、そんなに嫌いじゃない。だからこそ、今別れたい」

「溝？　だから、それはどんな溝？」

「だからさ、それが伝わらないから溝なんじゃないか」

彼は禅問答《ぜんもんどう》のようなことを言った。

「えーと、溝の意味があたしに伝わらないということが、二人の決定的な溝、ということ？」

少し嫌み交じりに言ってみたのだが……。

「ま、そうだね」

彼は平然と答えた。

あれ？　この人、こんなに話の通じない人だったっけ……。

笑いのツボは同じだと思っていた。丁寧に説明しなくても、気持ちが通じていると感動したことも一度や二度じゃなかったのに。

この話を通して恵麻の方がわかったのだ。彼とは「決定的に、違う」と。

だから別れたのは、自分の選択だと思っている。二十六はまだ若いとまわりからは言われるが、五年も付き合った恋人との別離はきつかった。

困ったのは住む場所だ。今まで二人で一緒に住んでいた部屋は、彼が元々住んでいた高円寺《こうえんじ》の三十四平米《へいべい》の部屋だった。広くはないけど、二人でなんとか住めない広さではなかったし、家賃はタケルの会社から補助が出ていて、かなり安価で住めた。高円寺はおいしい店や安いスーパーが多く、恋人と暮らすには楽しい町だったが、当然、恵麻の方が出て行かなくてはいけない。恵麻の実家は北海道で、気軽に帰れる場所ではなかった。

住まいと恋人を両方いっぺんに失った。コロナ禍が始まって三年目の秋だった。

それでもなんとか、練馬《ねりま》でワンルームマンションを探した。駅から歩いて十分以上かかるし、当然、ユニットバスだし、小さなキッチンがある他はクローゼットも何もなく、居室は六畳どころか五畳くらいしかない、真っ白の棺桶《かんおけ》のような部屋だったけれど、四万円台だった。

タケルと住むことで家賃があまりかかっていなかったのと、結婚のためにお金を多少貯められていたのが幸いして、すぐに引っ越せた。

持っていた服やバッグ、靴などを持ち込んだだけで部屋の半分は埋まり、その脇に上京したばかりの時に買った布団《ふとん》を敷いて寝た。同棲しても布団を捨てなかったのは不幸中の幸いだった。派遣社員として働いていた会社に通う以外は、ほとんどこんこんと寝ていた。

それが突然、会社からコロナ不況を口実に、しばらく出社しなくていい、と言われた。そして契約が更新されなかった。派遣会社に尋ねても、「今は新規の契約がほとんどないから、しばらく待機してください」と言われるばかりだった。

さらに、信じられないことに、その部屋でコロナにかかった。

これが思いもかけないほど苦しい経験だった。ほとんど人に会っていなかったのに、いったい、どこで感染したのか、まったくわからなかった。

高熱で意識がもうろうとし、部屋の中でひとり、咳《せき》をし続けた。ガラスが刺さったように喉が痛く、身体の節々がぎしぎしときしんだ。

このまま死んでしまうのではないか、と思った時、部屋の中にマスクとゴーグル、白い防護服のようなもの（後に、使い捨てのレインコートだと知った）をまとった人たちがいて、自分を見下ろしているのに気がついた。驚いたけど、彼らにあらがう気力がまったくなかった。

「大丈夫？」

その人の声は高くもなく、低くもなく、柔らかかった。

「これを飲んで」

たぶん、経口補水液《けいこうほすいえき》だと思われるものを口に流し込まれた。だけど、むせて吐き出してしまった。

「すみません」

無意識に謝っていた。たった一言発しただけで、喉がまた、ちぎれるほど痛んだ。

「いいのよ、謝らなくていいの」

彼女（たぶん、声から女性だと思われた）は丁寧に、恵麻の口元を拭《ふ》いてくれた。

「我々は、水沢恵麻さんの、お父さんとお母さんから頼まれて来たんだよ」

もう一人は男性の声だった。

「恵麻さんから連絡がない、風邪気味だって言ってたから、何かあったんだと思う、って心配していた」

「鍵は……？」

「大家さんに開けてもらった。我々はそういうことには慣れてるんだよ」

二人が目を合わせて笑ったような気がした。

「大家さんは今、入り口のところにいらっしゃるわよ。何か言うことある？」

どうしていいのかわからなくて、首を横に振った。

「とにかく、解熱剤《げねつざい》を持ってきたから、それを飲んで」

彼女が今度は、ゆっくり薬を飲ませてくれた。

「どうする？　ここにいたい？　それとも、病院に行く？」

「……わかりません」

どうしたらいいのかわからなかった。だけどもう、一人にはなりたくなかった。気がついたら、涙があふれてきた。

「大丈夫、泣かなくてもいいの。もう絶対、一人にしないから」

彼女はまた優しく顔を拭いてくれた。


その時、白い服を着ていたのが今、目の前にいる祥子だった。そして、男性は便利屋「中野《なかの》お助《たす》け本舗《ほんぽ》」の社長の亀山《かめやま》。祥子には子供がいるし、亀山も人とたくさん会う（その多くは年配者だった）仕事だから、感染を気にしてそんな大仰な服装になったらしかった。

二人はそこでいろいろ話し合い、大家や両親とも相談して、救急車を呼んでくれた。幸い病院にコロナ専用病棟のベッドの空きがあり、そのまま入院することになった。その時が一番つらい症状で、それを乗り越えると十日間ほどで退院できた。やはり二人はそろって迎えに来てくれた。

その頃には二人の正体がおぼろげながらわかってきていた。親とスマートフォンで話して、事情を説明してもらったのだ。

祥子は五反田《ごたんだ》のあたりに住んでいて、シェアハウスを経営しながら、亀山の仕事を手伝っているという。亀山の祖父は大臣経験もある大物で、彼を筆頭に、一族は北海道で地方議員をしていたりする実力者揃《ぞろ》い。そのため、東京在住の同郷の人たちの世話もしているらしい。娘を心配した両親が亀山家の人に相談し、それで、祥子たちが家に来てくれたのだった。父親は商工会議所で、亀山家の人たちと知り合っていたと聞いた。

「どうする？　このまま家に帰る？　それとも、うちの家にくる？」

祥子はそれが当たり前のように、簡単に尋ねた。

「うちの家？　シェアハウスのことですか？」

「そう。昔は外国人旅行客を相手に民泊《みんぱく》やってて、最初は割にうまくいったから、一軒家を借りて手を広げようとしたところにコロナが来ちゃってね。そのまま、シェアハウスになったの。今、女の人が三人住んでる」

「それも五反田なんですか？」

「ううん。目黒《めぐろ》から少し歩いたところ、大鳥神社《おおとりじんじゃ》のあたり」

恵麻から今の家の家賃を聞くと、祥子はうなずいた。

「うちより一万くらい高いね。でも、一人の方が気楽かな？」

「はい……」

同意したものの、本当は今自分がどうしたいのか、よくわからなかった。今からあの部屋に帰るのは少し寂しいけれど、お金の心配はあっても、知らない人ばかりのシェアハウスに行くのも気持ちが乗らなかった。

「まあ、今夜は家に帰りなよ。それでまた何かあったら連絡してよ」

亀山が言った。

「はい」

家まで送ってもらったのに、恵麻には「実は今、仕事がないんです」ということまで打ち明ける勇気がなかった。そんなことを言ったら、すぐに親元に連絡される、言いつけられると疑っていた。彼らを手配してくれた親には感謝しているが、婚約破棄されてから心配ばかりかけているから、きっと実家に帰ってこいと言われる。でも、故郷にはまだ帰りたくなかった。

一人でまた、棺桶みたいな部屋に帰ってきたら、寒くてぶるっと震えた。それでも、なんとかヒーターにスイッチを入れて、布団を敷いて毛布にくるまった。十日間空《あ》けていたからか、部屋はなかなか暖まらなかった。入院中、軽症者用の四人部屋でまわりにはいつも人がいて、呼べば看護師さんが来てくれる環境から放り出されたのだ。思っていた以上に、病み上がりの身体に孤独がしみた。

気がついたら祥子に電話していた。

「すみません。シェアハウスの部屋、まだ空いてますか？」

「大丈夫よ？　今すぐ、迎えに行こうか」

電話越しの声は優しかった。

「鎌本さんの依頼はどういう感じだったの？」

「……そうですね」

恵麻は、祥子と同じようにトーストを頬張《ほおば》った。恵麻がいつもスーパーで買う、一斤《きん》八十九円の格安の食パンとは違う、しっかりした噛《か》みごたえだった。高級パン屋のパン・ド・ミーを少し軽くしたような。

「最初は緊張しました」

「まあ、そうだよね」

「祥子さんは初めて仕事した時、一人で行ったんですか？」

「どうだったかな？」

彼女は首をかしげる。

「たぶん、最初から一人で行ったと思う」

「すごいですね。あたし、たぶん、一人では無理でした」

シェアハウスに入ってしばらくすると、恵麻に仕事がないということは祥子たちにもやっぱり伝わってしまった。ほとんど部屋にこもっているし、お金は極力使わないように暮らしている。もしも、仕事について尋ねられたらどうしよう、なんてごまかそう、うまくいかなかったらここからもまた放り出されるのだろうか、とびくびくしていた。

そんなある日、共用スペースの掃除に来ていた祥子とばったり会った。

午前十時くらいで、恵麻は朝ご飯を食べていた。キッチンの冷蔵庫に、「水沢恵麻」と書いた八枚切りの食パン袋と卵のパックを置いていた。毎食そこから一枚と一個ずつ出して調理して食べる。パンは共用のトースターで焼き、卵はゆで卵にしたり、目玉焼きにしたりしていた。

　その日はトーストと目玉焼きを食べていた。目玉焼きには共用の調味料の塩だけをかけていた。

　時間をかけて、ゆっくり食べた。今日は他に食べるものがなかった。

「……見守り屋、やってみない？」

　仕事は休みなの？　とか、今どこで働いているの？　とか、そんなことは聞かれずに、いきなりそう問われた。

「え」

「亀山がやっている『見守り屋』の仕事。勤務時間は夜二十二時から翌朝五時まで。人の家に行って、一晩、その人を見守るの。お話ししたり、ただ傍《かたわ》らでその人が寝ているのを見ているだけのこともある。前は私と亀山でやっていたけど、私はシェアハウスや民泊の仕事で忙しくてね。今まではコロナの影響もあって、どちらもたいして依頼はなかったんだけど、最近、ぼちぼち復活してきているから、誰か手伝ってくれないかなって思ってたの」

「……いいんですか？」

「毎日、パンと卵しか食べてないでしょう、心配」

　祥子はバッグの中からラップに包んだおにぎりを出して、手渡してくれた。

「これ、ラップに包んで握ったから、私の手垢《てあか》は付いてないよ。鮭《さけ》とおかかが入ってる」

「そんなの……大丈夫です」

「でも、今の若い子は、そういうの、気にするでしょ」

祥子のおにぎりは塩加減がちょうどよかった。食べていたら、ちょっと涙がにじんできた。流れるほどではなかったけれど。

「……仕事、ないの？」

祥子に静かに尋ねられると、素直になれた。

「はい」

「コロナで？」

「はい」

「今は皆、つらいよね……でも、まだ前の家は契約しているの？」

「……はい」

もしかして、ここが合わなかったら帰る場所がない、と思ったら、お金がかかるとわかっていても、なかなか解約できなかった。毎日、ひもじい思いをしても。

「でも、結婚資金を貯めていたので、少しなら貯蓄はあります」

「それはよかった。でも、少しずつ仕事してみたらどうだろう？」

「……あたしにできるでしょうか」

「最初は一緒に行ってあげるから大丈夫」

それで、いつも祥子が行っているという新宿二丁目に住んでいる老女の家に行った。

そこは以前、夫婦で時々祥子を呼んでいたようだった。でも、コロナで夫が亡くなり、それからは呼ばれる頻度が増えるようになったらしい。

「……祥子ちゃんは見守り屋を始めた頃からうちに来てくれたわよね」

白い髪をひっつめにした、細身のおばあさんは懐かしそうに笑った。もちろん、恵麻は仕事の助手なので、その日は自分の分の料金は請求しない。亀山からは見習い代として本来の八割ほどのお金が払われることになっていた。

白いシャツにグレーのベストを着ているのがとても似合っている。都会のおばあさんはおしゃれだなあ、といつも思う。

彼女からの提案で、三人でネット配信されている映画を観た。シャーロック・ホームズの妹が事件を解決する映画だ。

「シャーロック兄妹のお母さんが魅力的ねえ」

最初はそんなふうに楽しく話していたのだが、おばあさんは三十分もするとソファで眠ってしまった。

「いつもこうなの、いつもね」

そう言いながら、祥子はおばあさんに毛布をかけた。

「でもね、これでいいの。一人だと、最近、なかなか寝付けないんだって」

「あたしたち、このあとどうするんですか」

恵麻は自然に小声になってしまった。

「このまま最後まで映画を観ましょう。あとは朝まで起きていて、彼女が起きたら話をして帰りましょう」

「起きていなくちゃいけないんですか？」

「そうね、起きてないと、仕事にならないからね。人がそばにいて、いつ目が覚めても自分を見守ってくれている、と思いたい人がいるのよ」

そのまま、空が白く明けるまで、低い声でおしゃべりしていた。

次に行ったのは目黒川の近くの家で、年老いた犬の見守りだ。

その時は祥子は家まで付いてきてくれたが、途中で帰った。犬は認知症の症状が出ているのか、前は部屋の中をうろうろ歩いて、壁に頭を押しつけたまま方向を変えられなくなったりするので、見守っていたらしいのだが、今はもうほとんど歩けない。ただ、ずっと自分のベッドで寝ていて、それを脇で見守るだけでよかった。

ぐっすり眠っているシーズー犬……たぶん、心の底から安心している……を見ていたら、なんだか急にこの仕事の意味がわかった気がした。そっとなでると、彼の体温は熱く、かすかに耳を動かした。

そんなふうに研修期間があって、やっと人間を一人で見守ったのが昨日から今朝《けさ》にかけてのことだった。


「どんな方だったの？」

「五十代の女性で、あたしくらいの娘がいるって言われました」

「そうよね、女性だったし、亀山の『お助け本舗』には男と女と若い女の子がいる、って言ったら、ぜひ、若い女の子にって言ってたから……」

「ずっと、あたしのことを聞かれてました。どうしてこの仕事をしているのか、とか……あたしが婚約を破棄されたって言ったらすごく興味持ったみたいで、詳しく聞きたがって」

「そうだったの……ご自分の話は？」

「ほとんどされませんでした……あたしの話を聞くだけ。それでよかったんでしょうか？」

「え、何が？」

「ただ、あたしが話をするだけで……」

「お客様がそれをのぞんだのならいいのよ」

「そうですか……」

見守りの仕事についてわかってきたつもりでも、新しい客を前にすると戸惑《とまど》いがあった。

今日の客……鎌本滝子《たきこ》は何を考えているのかわからない客だった。亀山からは、五十代の女性、できたら若い女性に来てもらって話し相手になってもらいたい、娘が結婚して家を出てから寂しくてたまらないから、という理由が告げられただけだった。

ただ、恵麻が最近「婚約解消された」と言った時だけは薄く微笑《ほほえ》んで、「今の時代、結婚だけが幸せじゃないから」と言った。彼女が多少でも感情を表したのは、その時だけだった。

「どう？　続けられそう？」

思わず、首を少し傾《かし》げて……慌ててまっすぐに戻して、うなずいた。あまりにも不安そうだと、辞めさせられてしまうかもしれない、と思って。

まるで、恵麻の気持ちを見透かしたように、祥子は笑った。

「それなら大丈夫かな」

「はい」

「あのね、まだ決めなくていいけど、今後派遣の仕事に復帰する気はないの？」

「あ」

「いえ、どちらでもいいんだけど」

「どうしようかなあと思って。派遣会社の登録はしていて、コロナにかかったあと、実は一度連絡もらったんです。でもなんだか、身体がきつくて……メールでわけを話して、『身体の調子が悪い』って言ったら、本調子に戻ったら連絡くださいって言われました」

「そうなの？　じゃあ、すぐにでも復帰できるの？」

「どうでしょう。たぶん、あたしと条件が合う仕事があって、こちらがＯＫすればできると思うんですけど」

「もちろん、無理しなくていいんだよ」

「わかってます。ありがとうございます」

祥子と亀山が、同郷といえども、ここまで気を遣ってくれているのが、ありがたかったし、不思議でもあった。

「ただ、派遣の仕事って、コロナ禍で改めて思ったんですけど、やっぱり不安定で、いつ切られてもおかしくないので、ちょっと迷ってるんですよね。前からやってみたかった仕事とかフリーランスの仕事とかを探してみようかと思って」

「なるほど。もしよければ、仕事を探しながらでも、うちの仕事を手伝ってくれたら、すごくありがたいけど」

「はい、こちらこそ、ありがたいです」

「ただ、本当に、気を遣わなくていいんだからね。派遣とか、会社員の仕事に戻りたいと思ったならいつでも言って」

「わかりました」


祥子が帰って行ったあと、恵麻はゆっくりと続きを楽しんだ。

黒ビールはまだ半分以上残っている。

——あの人はとてもいい人だけど、やっぱり、一人で飲むのは気が楽だ。

しみじみと残りのビールを飲み、パテを食べると深いため息が出た。つらいため息、というより、疲れがすべて身体から出ていく……デトックスのようなため息だった
——そう言えば、祥子は最後に「何か、好きな食べ物はある？」と聞いてきたな、と思い出した。

「蕎麦《そば》、ですね」

「え、若いのに渋いね」

「実は、立ち食《ぐ》い蕎麦が好きなんですよ」

「え。立ち食い？　これまた、若い子にしてはめずらしい」

「そうですか？　でも、最近結構、流行《はや》ってますよ。テレビとかでもモデルさんが立ち食い蕎麦ファンだって特集されたり……あたしはそんな優雅なものじゃないけど、東京に来たばっかりでお金がない時に……今もないですけど……有名な立ち食い蕎麦のお店でたまたま食べたらめちゃくちゃおいしくて。それから結構、ネットで調べたりして行きます」

「へえ。いいじゃない！　立ち食い蕎麦。結構、朝からやってるでしょ」

「はい。お酒飲めるところもありますよ」

「ますますいいね。そういうところで、仕事終わりにご飯食べて帰る、とか決めたら、気持ちも楽しくなるし、やる気も出るんじゃない」

　立ち食い蕎麦の食べ歩きとかしてみようかな、と思った。

「祥子さんもそうだったんですか」

「私は……ランチのお供にお酒を注文して飲むのが自分へのご褒美《ほうび》だった」

――確かに、仕事終わりに立ち食い蕎麦とビールか日本酒を注文して食べられたら、すごくいいなあ。

　急に次の仕事が楽しみになってきた。

　黒ビールをぐっと飲み干す。

――本当は祥子もお酒を飲みたかったのではないだろうか。でも、仕事があるから我慢してたのかな。それとももしかして、こちらに気を遣って、お酒を頼みやすいように注文するふりをしてくれたのか。

皿の上のパテやポテトサラダはまだ残っていた。今日もらったギャラで、もう少し飲もうと思った。

恵麻はレジの前に行って、地ビールの小瓶を頼んでみた。ちょっとした贅沢《ぜいたく》だ。

「乾杯」

自分で自分に小声で言って、飲む。瓶ビールの口が唇《くちびる》に当たる感触がなんとも楽しい。つるりとして優しい。これもまた、価値のうちだと思う。一杯目より、苦味は少ないのに味わいが濃く、喉にしみた。

「おいしい」

なんとか、やっていけそうだ。

その時、まるで天から降《お》りてくるように、そう思った。自分の頭のずっと上からその言葉が脳の中に差し込まれたように。

祥子に同じことを聞かれた時よりはっきりとわかった。

あたしはなんとかやっていけそうだし、なんとかやっていかなければならないのだ、と。この東京で。

あまり深く考えるとまた不安が戻ってきてしまいそうで、恵麻はビールをぐっと飲み干した。

第二酒

日本橋　インドカレー

朝、水沢恵麻はスマホのアプリの地図を見ながら、その店を探した。日本橋《にほんばし》駅から歩いて数分、この手の店の中でも老舗《しにせ》の名店だ。来るのは初めてだったけど、テレビなどで何度か見たことがある。

——あんまり混んでなければいいんだけど……。

証券会社をはじめとした大企業が多いこの街には、サラリーマンが好みそうな居酒屋やラーメン屋が並んでいる。けれど、一番有名なのは蕎麦《そば》屋だろう。ここには老舗の名店から立ち食いまで、蕎麦屋の名店がひしめき合っているのだ。

恵麻が目指しているのもそんな店の一軒だった。しかも、そこは同じくらい評判のいい立ち食い蕎麦が二軒並んでいることでも有名だった。

普段なら、そのどちらに入るのかで大きく迷うところだろう。だけど、今朝《けさ》は違った。

「本格和風インドカレー」

その大きな文字に吸い込まれるように店に入った。

早朝だからか、店にはあまり人がいなかった。二人の男性が壁にしつらえてあるカウンターの前に立って蕎麦をすすっている。

心は決まっていても、一瞬、何を食べようか、飲もうか、食券販売機の前で考えた。

岩下《いわした》の新生姜《しょうが》天そば、ニジマスの甘露煮《かんろに》そば、ニラ天玉そば、すんきそば、なんてめずらしいものから、鶏ささみ天そば、コロッケそば、とろろそば、わかめそば、月見そばといった定番蕎麦も皆、おいしそうで心惹《ひ》かれる。

さらに、天ぷらなどのトッピングがどれも単品で頼める。メンチカツ、ほうれん草のお浸し、特大かき揚げ、コロッケ、ごぼう天、チーズ、ニラ天、ゲソ天などなど。ご飯ものも豊富で、カレーはもちろん、ねぎとろ丼、中華そぼろ丼、特大かき揚げ丼、とろろ丼などもある。

——この店のメニュー、組み合わせは無限なのではないだろうか。宇宙のようにどこまでも広がっている。

だけど、今朝は絶対、カレーなのだ。インドカレーなのだ。

よく見ると、朝定食はとろろ定食（とろろかけご飯と半たぬきそば）、納豆定食（納豆、たまご、ご飯、半たぬきそば）、朝カレー定食（半カレー、半たぬきそば）と三種類から選べるようになっている。全部、四百三十円という値段もいい。

——最高。

カレーと蕎麦が両方食べられる。それも、たぬきという、天ぷらそばにしたらお腹いっぱいになりすぎそうだけど、そばつゆに浸った揚げ玉も食べたい、という気持ちも満たしてくれるメニューが。さらに半分というのがとてもいい。女子でも手を出しやすい。

——全部食べられるか、ちょっと心配なんだけど。

食券販売機の一番下に、アルコールメニューがあった。これもまた、この店に来た理由の一つなのだ。缶ビールと日本酒……なんと、日本酒は八海山《はっかいさん》である。

――ここで、八海山を飲めるとは。

朝定食と八海山の食券を買い、店の奥の厨房に差し出す。

「朝定食はカレーでお願いします」

「はい」

無口なおじさんがトレーの上に、黒い小皿とガラスのコップ（グラスでなくコップと呼びたい形状）をのせた。一升瓶《いっしょうびん》を出して、そこに酒をなみなみと注《そそ》ぐ。縁ぎりぎりまで入れると少しこぼれた。その横にカレーとたぬき蕎麦を置いてくれた。

カレーは黄色に近い色。確かに、インドカレーっぽい見た目だ。

そのまま、カウンターで食べようとして気づく。地下にテーブル席があります、ごゆっくりお召し上がりください、という有り難《がた》い張り紙があった。ゆっくり、転ばないように、階段を降りた。

地下には三つのテーブルがあり、誰もいなかった。酒を飲む立場からしたらこれほど嬉しいことはない。人目を気にせず、ゆっくり楽しめる。二人掛けの小さなテーブル席に座った。

ああ、やっとカレー、それも、インドカレーにありつける。お酒とともに……。

その僥倖《ぎょうこう》に応えるため、恵麻は手を合わせて小声でつぶやいた。

「いただきまーす」

「きっかけはカレーなんです」

昨夜、見守り屋として呼ばれた、河野心春《かわのこはる》は大きくため息をつきながら言った。

「カレー……ですか？」

心春は日本橋にある証券会社に勤めている会社員で、会社の近くに住んでいる。

「こんな都心に住んでいるなんてすごいですね」

マンションの部屋に入った時、思わず、褒《ほ》めていた。部屋の間取りは1Kでバストイレ別。八畳くらいの部屋に三畳ほどのキッチンが付いていて、片隅にシングルベッドが置いてあった。

「でも、家賃は九万くらいですよ」

心春は笑った。亀山社長によれば、年齢を聞いたらアラサーだと言っていたそうだ。二十代なのか、三十代なのかわかりにくいが、声質がしっかりした感じで三十は過ぎているような気がした。

「このあたりの相場からしたら安いと思う」

「それでもすごいと思います」

「築四十年以上の物件なんです」

「へえ」

「仕事が忙しいし、会社に近い部屋を探したんです。私、何よりそれを重視していて。私のただ一つの贅沢《ぜいたく》というか」

「そうなんですか」

「服もほとんど買わないし、外食もしない。ふるさと納税でもらった食材をフル活用して自炊《じすい》してます。家電や家具は学生時代から使っているものか、友達からもらったものばっかり」

「偉いですねえ」

「会社に歩いて行ける、っていうのがただ一つの贅沢で……私には必要な条件でした」

ただ一つの贅沢、という言葉をもう一度くり返した。もしかしたら、心春の好きな言葉なのかもしれない。

「ご実家はどちらなんですか」

「横浜《よこはま》です」

なら、実家からも通えるのに……と内心思ったが、歩いて通えるのが心春の一番重視していることなのだったら関係がないのかもしれない。

「実家が近くてうらやましいです。あたしは北海道だから」

思わずそう言うと、心春は小さく眉《まゆ》をひそめた。もしかしたら、あまり家族仲がよくないのか……そこには触れずに話し始めた。

「今夜はお呼びいただいて、ありがとうございます」

「いえいえ」

心春の部屋にはベッドの他に、折りたたみの机と椅子《いす》が二脚あった。そこに向かい合って座った。

「何か、ご要望はありますか」

　本当は「どうして、見守り屋を呼んでくれたんですか」と聞きたかったが、それはなんとなく控えた。とはいえ、家賃以外は慎ましく暮らしている彼女が、どうしてお金を払って自分を呼んだのかは謎だった。

「私、友達がいなくて」

　心春はさばさばした口調で言ったが、恵麻は返事をし損ねた。恵麻だったらそんなことは初めて会った人には言えなかった。自分ではそんなふうに説明できないだろうと思った。

「大学は関西だったし、でも、就職は関東でして欲しいって親に言われてこっちに戻って来たものの……あー、親とは仲は悪くはないけど、そうよくもないんです……関東で就職するのって、自分でもいいかなと思ってたんだけど、実際戻って来てみると、やっぱりちょっと孤独。学生時代に付き合っていた彼氏とは遠距離恋愛を五年して疲れて別れちゃったし、今の会社は同期がほとんどいないの。元々あんまり新卒は採ってない会社だし、同期はやめちゃって。気を許して話せる人がいないのね。今回、ちょっと人に聞いてみたいことができたんだけど、でも、そのためにそう親しくもない友達を呼びだしたり、もしくは、新しい知り合いを作ったり、ましてや会社の人に個人的なことを聞くのも面倒になって」

「はあ」

「それなら、お金で解決した方がいいのかしらって思って」

　友達の代行として見守り屋を呼んでくれたらしい。

「悩み事ですか」

「ううん、そこまでではない。私も考えたの。NPOとかがやっている、心理相談？　みたいなことができる電話番号にかけてみようかな、とか……でも、そこまで深刻なことじゃないのよ。そう考えたら私、どうでもよいことを気楽に話せる相手がいないなあってなって」

「わかるような気がします」

「で、そちらの事務所に電話したら、あなたのような人がいるって聞いて」

「はい」

「ちょうどいいと思ったんです。言ったら……こんなこと言ったら悪いですけど、後腐《あとくさ》れなく話を聞いてもらえると思って」

思わず、ちょっと笑ってしまった。

「で、カレーなんです」


心春はこのところ、いわゆるマッチングアプリを使って、男性と会っていた。アラサーになって人並みに結婚を意識してきたのと、ふと気がついたら、会社と自宅を徒歩で往復するばかりの生活に少し飽きてきている、と思うようになったからだった。

「正直、そこまで真剣に相手を探そうとは思ってないんだけど、親に『そろそろいい人はいないの？』なんて聞かれることもあるから、そんな時、自分もちゃんと努力してるっていうことは言えると思って」

親とは仲がよくないと言いつつ、そんなことを言うのが、心春の本心なのか、照れ隠しやごまかしなのかは最後までよくわからなかった。

ほとんどの男とは一度会ったきりで終わった。会って、軽くお茶を飲んで、一緒にいるのがそこまで苦痛でないような相手なら、食事もして、別れる。

あちらから「また会いましょう」と言われることが多かったが、残念ながら心春はもう一度会って時間を共にしたところでこれ以上の関係になれるとはほとんど思えなかった。そして、心春の方から「また会いたい」と思った人には、なかなか色よい返事はもらえなかった。

一度だけ、ものすごく顔が好みで、話も合った相手と一夜きりの関係を持ってしまったことはある。だけど、彼は次の日、心春をアプリでブロックしてきた。これには少し傷ついた。

「そういうの、使ったことありますか」

そこまで一人で話していた心春は急に顔を上げて、尋ねた。

「いいえ」

恵麻は首を横に振ったが、それだけでは彼女を傷つけてしまうかもと思って、慌てて付け加えた。

「だけど、興味はあります」

心春はうなずいて、話を続けた。

そのうち、そこまで好みではないが、話が合い職場が近くて同業者でもある男性と知り合ったという。しかも、彼は神奈川県出身だった。

そこまで経歴が似かよった人はいない。嫌いではなかった。だけど、心春は前の経験から、すぐに関係を持つことには慎重になっていた。

何度か食事をし、映画も観に行った。セックスなしで……彼の方も、食事の後などに「このあと、どうする？　僕はもう少し話したいけど」と誘いとも社交辞令ともつかないことを言ってきたりしたが、心春が「明日早いから帰るわ」と言うと、それ以上、強引に誘っては来なかった。それでも数日後にはまた、「会いませんか」と連絡をくれた。

少しずつ心を開いていった。何より、人生やお金に対することへの考え方が同じような気がした。つまり、お金をかけることは惜しまないが、無駄な出費はせず、見栄を張らない……そんな姿勢が嫌いではないと思ったのだ。

彼も会社からほど近い場所に住んでいた。心春のように歩いて十分というほどではないが、同じ地下鉄の路線で会社の最寄駅から数駅の場所で、やはり同じように古い物件だった。ただ、彼は猫が好きで、ペット可能なところを選んでいた。彼の暮らしの優先順位は「猫」が上位だった。

心春も猫は嫌いではなかった。彼はLINEの返事に数日に一回くらい、猫の動画や写真を送ってくれるようになった。スコティッシュ・フォールドのグレイの子猫でとんでもなくかわいらしかった。

猫への賛辞《さんじ》は惜しみなく出せた。まぎれもなく美しい猫だったからだ。数ヶ月後、食事をしている時、自然に「よかったら、家に見に来る？」と訊かれた。

正直、彼の部屋に行くというのは少しおっくうだった。でも、もう数ヶ月も食事をする関係を続けていたし、何より、猫が見てみたかった。

それでも一瞬、言葉を失った心春を見て、彼は笑った。

「嫌ならいいけど」

その時、初めて心春は素直になった。こんなふうにアプリで男性と知り会うようになって初めて、本音の言葉がもれた。

猫にはすごく会いたいんだけど、アプリで会った人とここまで親しくなったことがないし、これからどうしたらいいのかわからない、自分でも自分の気持ちがわからない……というような内容のことを言った。

「いいんじゃない？」

彼はうなずいた。

「正直、そんなふうに言われると、俺もわからないや」

彼はその時、初めて「俺」と言った。それまで「僕」だったのに。

「君のこと、もちろん、嫌いじゃないんだけど……」

「あたしも、あたしも」

くい気味に同意すると、彼は笑った。心春も自分が「私」から「あたし」になっているのを感じた。

「話は合うと思うし、一緒にいて楽しい」

「ありがとう」

「真剣に付き合おうと今の時点で確実に言えるというわけではないけど」

彼の最後の言葉に少しがっかりしている自分に、心春は気づいた。それは彼のことが好きだ、ということだろうか。しかし、次の言葉には驚いた。

「だけど、君の顔はかなり好き」

「え」

思わず顔を上げた。彼は真面目《まじめ》な表情でうなずいた。悪い気はしなかった。

食事はいつも彼の方が多めに払ってくれていた。それもあって、次の日のお昼ご飯はあたしが作るよ、と言うと、彼は「あ、お願い」と自然にうなずいた。

「いい話じゃないですか。ちょっとうらやましいような恋の始まりに聞こえますけど……」

気がつくと、夜も更《ふ》けていた。夜中の二時を過ぎている。心春は話がうまく、適切な説明を加えてくれつつ、のろけ話を入れたり、逆に謙遜《けんそん》しすぎたりということがないので聞きやすい。

「だよね」

途中から、心春は恵麻の分も缶酎《かんちゅう》ハイを出してきてくれた。それをグラスに注《そそ》いで、飲みながら聞いた。

「あたしなんて、彼と別れてから、まったくないですもん、そんなこと」

つい、自分も本音が出てしまった。

「恵麻さんもアプリ使ったらいいのに」

「思い切ってやってみようかな……」

心春はうなずくと、「で、カレーですよ」とまた言った。

その日、彼の家の最寄り駅で降りると、心春は「何を作ろうかな」と考えながら歩いていた。

駅と彼の家の間くらいに、小さいスーパーがあることは彼から事前に聞いていた。言われた通りの場所にそれはあり、心春は中に入って、食材を物色した。

「え、何を作るか考えてなかったんですか？」

恵麻は驚いた。自分が元彼に食事を作る時はいつも大変だった。付き合い始めの頃は彼が食べたいものを聞いたり、彼の部屋でまごまごしないように、前日に練習したりした。同棲し始めても、ネットでレシピを探したりして結構、努力していた。

心春は首を振った。

「考えてみると、そのくらい、気に留めてなかったのね……初めて意中の彼に手料理を食べてもらう、なんて気負いは皆無で、いつものお礼、くらいの気持ち。それに自宅でも普段、自炊が多いから同じようなものを作ればいいと思っていた」

心春は最初、簡単なパスタとサラダでも作ろうと思ってトマトを手に取った。そして、ふっと思い出したのだ。

カレーが食べたい、と。

少し前に簡単に本格的にできるインドカレーのレシピ本を買っていて、何度か試していた。数種類のスパイスさえあればたいした手間ではない。材料も多くない。トマト、鶏肉、玉ねぎだけで十分だ。

彼に連絡して、炊いたご飯やバターがあるか尋ねた。すると、自炊はほとんどしないけど炊飯器やフライパンや鍋は一通りありバターもある。でも、今、ご飯はない、と言われたので、チンすれば食べられるご飯を買って行った。

「すごいですね、本格的なインドカレーを作るなんて」

「本当にたいしたことないの。スパイスさえあれば、味噌汁《みそしる》を作るのとそう変わらない手間でできるのよ」

「でも、スパイスもよくありましたね。小さいスーパーに」

「そこには結構、スパイスがそろってたのよ。一つ百円前後で買えるし」

彼の部屋に着くと今までずっと動画で見ていた猫に会え、そのかわいらしさに自然に声を上げた。一通り猫と戯《たわむ》れたあと、ご飯を作り始めた。

何度も作っていたカレーはやはりむずかしいことはなく、数十分でできあがった。味も悪くなかった。

「いい匂い。カレー?」

「うん。なんか急にインドカレーが食べたくなっちゃって」

「すごいね」

彼はその黄色いチキンカレーを頰張《ほおば》って目を見張った。

「おいしい！」

「あー、よかった」

「本当に、本格的でびっくりだよ」

カレーを食べながら、心春はこのカレーがスパイスさえあれば簡単にできることなんかを話した。

その時はあまり気づかなかったのだが、後から思い出すと、食事の最中、彼は少しずつ無口になっていった。

食べ終わったあと、彼は「今日は本当にありがとう。このカレーの材料代、払わなくちゃね」と言った。

「え、いいのに。ご飯を食べに行くときいつも多めに払ってくれてるし、たいした金額じゃないから」

断っても、彼は自分が払うと言って聞かなかった。

「じゃあ、千円」

実際、スパイス五本と、鶏もも肉半分、トマトと玉ねぎ一つずつの値段は千円ちょっとだった。

彼は財布からぺらりと千円札を出して渡してくれ、心春は「ありがとう」と言いながら受け取った……。

「……それで？」

心春が黙ってしまったので、恵麻は先をうながした。

「それだけ。じゃあ、僕、駅まで送っていくよ、って言われて、送ってもらって、じゃーねーって改札のところで手を振って……それから連絡が止まった」

「え」

「そのあと、私から『昨日はありがとう。楽しかったです』って連絡したら、『こちらこそ、ありがとう』って返事は来たけど、それ以上はなかったの」

「どうして？　いい雰囲気だったんですよね？」

「私が聞きたいよ」

連絡がなくなって初めて、心春は彼の存在についてよく考えるようになったという。

彼のことをめちゃくちゃ愛しているとか、恋しているとかいうわけではなかった。だけど、決して嫌いではなかったし……最近では好きだという感情も少しわいてきていた。

彼は真面目だし、猫に使う以外には無駄遣いせず、貯金もそこそこあるらしく、仕事もちゃんとしていた。当然、暴力をふるったりするような素振りはみじんも見せず、おまけに、心春の顔を好きだと言ってくれた人でもあった。

三十近くになってから、自分の容姿を褒めてくれる人はあまりいなくなった。その言葉は思っていた以上に、心春の気持ちをつかんでいた。

そして、とにかく、彼の心変わりが謎だったのだ。

猫と遊んで、おいしくご飯を食べて……何度考えても、自分が彼の家で粗相《そそう》をしたとは思えなかった。

彼から連絡が来なくなって一ヶ月、心春は思い切って、長いメールを書いた。

決して、あなたを責めるわけではないし、これだけの時間が経ったら、もう、あなたが自分に対して気持ちを向けているとは思えない。だけど後学のために、自分のどこが悪かったのか、教えていただけないだろうか。本当に申し訳ないのだけど、何が起こったのかわからなくて、少し悲しいのだ、と。不快だったら、このメールは消していただいてもかまわない、と最後に付け加えた。

そのメールを書いたのには、ほんの少し……ごくごく小さな期待もあった。もしかしたら彼から連絡が来て関係が復活するのではないだろうか、と。連絡がないのはたまたま忙しかったとか、実家の両親が倒れたとか、何か別の理由があったのではないか……。

返事は一週間ほどしてやっと返ってきた。

急に連絡を絶った非礼をわび、これまでの付き合いに簡単な感謝を述べたあと、理由が書いてあった。

「え、いったい、どういうことだったんですか」

心春と同様、意味がわからなかった恵麻は尋ねた。

「……だから、カレーなのよね」

「インドカレー？　だって、おいしかったんですよね？　彼もよく食べて……あ、実は彼はそういうカレーは嫌いだったとか？　日本風のカレーじゃないと受け付けない体質とか」

「ううん。それはない。だって、何回かインド料理も食べに行ったもの。だから私もインドカレーを作ったんだし……彼ね、引いたんだって。彼の部屋に来て、手の込んだインドカレーを作って家事力を見せつけるような女に」

「でも、簡単だったんでしょ？」

「そう、それは何度も言ったの。メールでも。簡単だったんですよって……でも、彼には簡単そうには思えなかったって……それにね、それ以上に、スパイスを何種類も用意して彼の家に乗り込む……そういう女は怖いって言われた」

心春は笑った。

「彼、食材のお金を払ってくれたでしょ？　だから、私、買ったスパイスをそのまま台所に置いて帰ったのよね。だって、彼がお金を出してくれたものだから当然かと思って。だけど、彼からしたら、そういう料理の材料を家に置いてくる、イコール、なんだか押しつけがましい女だと思ったみたい。その台所は自分のテリトリーよって主張しているみたいで、ちょっと恐怖だったんだって」

「うわー」

「ほとんど料理しない人からしたら、簡単にできるとはどうしても思えなかったみたい」

その後、一応、彼のメールに対する反論を書いて送ったけど、返事はなかったそうだ。

「まあ、しかたないんじゃないですか。そういう男は……」

すべてを話し終わって、黙って缶酎ハイを飲むだけになってしまった心春に恵麻は言った。そのくらいしか、かける言葉が見つからなかった。

一言で言うと、悲しい誤解なのだと思った。心春が料理がうまかったせい、手際がよく、インドカレーくらいならなんの苦もなく作れてしまうほどに……。

「もう、私、一生、結婚はできないんじゃないかと思って……」

最後にやっと心春はつぶやいた。

「そんなことないって！」

恵麻はすぐに言った。つい、友達のような口調になってしまった。

「心春さんみたいに料理ができて、仕事ができて、ちゃんとした人なら絶対大丈夫」

「ありがとう。でも、そういうことではないんだ」

彼女は首を振った。

「この程度のことでも理解してもらえないし、言い訳も聞いてもらえない。これまで数ヶ月、何度か会って話したりご飯食べたりした時間ってなんだったんだろう？　って落ち込んだ。彼に限らず、人間と……男性と理解し合ったり、結婚するところまでわかり合ったりすることって、なんて大変なんだろう」

「そうじゃない人もいますよ」

「そうじゃない人はきっともう結婚してるんだよ。あとに残ったのは彼のような、一見、優しくていい人に見えるけど、勝手に人を判断したり、決めつけたり、人と話し合ってわかり合おうとしない人だけなんだと思う」

「そうかなあ」

「学生の頃とかさ、なんであんなに簡単に人と付き合えたんだろう？　あの頃は別にむずかしくなかったよ」

返事がうまくできなかった。婚約破棄された相手とは学生の頃から付き合っていたからだ。

「ねえ。私、本当に別にえり好みとかしてないし、特別なことを望んでいるんじゃないよ。でもさ、普通に真面目な人と付き合ったら、三年とか五年とかすぐに経つじゃん」

これには大きくうなずいた。

「学生の頃から付き合ってた人と五年くらい付き合って別れて、次の人と三年くらい付き合って、でも結婚まで行かなくて……そしたら、すぐに三十になっちゃう」

心春には自分の恋愛については話していなかった。だけど、怖いくらいに、その状況と一致していた。

「真っ当に生きれば生きるほど、なんだか、幸せが遠のいていくような気がする」

「そんなことないですよ……」

たぶん、心春にも、その場しのぎの慰《なぐさ》めに聞こえただろう。

最後に、心春は言った。

「それからカレーが食べられなくなったの」

「そうなんですか」

「あの匂いや見た目が嫌になって、つらさがこみ上げてくるの。カレーがテレビに映るだけで消してしまう。あと、結婚とか恋愛とかそういう単語が聞こえるだけで胸が痛くなる」

途中から、明日仕事がある心春をベッドに寝かせた。その横で話を聞いていたら、自然に彼女は眠ってしまった。


心春には申し訳ないが、彼女の話を聞いているうちにカレーが食べたくて食べたくてしかたなくなった。それで来たのが、立ち食い蕎麦屋でありながら、インドカレーを出し、早朝から酒も飲めるこの店だ。

蕎麦とカレーが一緒に並んでいるのを見て、どちらから先に食べようかと悩んだ。のびてしまうことを考えたら蕎麦の方がいいのかもしれない。だけど、今朝はどうしてもカレーが食べたかった。

――ここはわがままに生きてみよう。

黄色いインドカレーにスプーンを突っ込んで、まずは一口頬張る。

「うまー。うまーい」

思った以上にちゃんとしたインドカレーだ。トマトとバターの香りが広がる。酸味と甘味のバランスがいい。たぶん、心春が作ったのはこんなカレーだったんじゃないだろうか。

このカレーにはそばつゆも入っている、と聞いたことがあるけど、正直それはあまり感じない。だから、「本格和風インドカレー」の「和風」は取ってしまってもいいような気がした。

いずれにしろ、おいしい。

カレーを一口いったあと、八海山を一口。

——あ、癖がない。八海山てこんなに癖のないお酒だったっけ。これはカレーにも蕎麦にも合いそうだ。

そこでやっとたぬきそばを口にした。

これまたおいしい。甘味のあるだし、ふやけた天かす、そして、蕎麦の一体感が素晴らしい。

また八海山を一口。これはやはりすごく合う。

——カレーにも合うけど、蕎麦には勝てないかなあ。

カレーを食べて飲んで、蕎麦を食べて飲んで。

本当に何もかもおいしくて、心から食べたいものが食べられて、幸せな朝だった。

最初に、こんなに食べられるかなあ、と心配したのが嘘《うそ》のように、あっという間に平らげてしまった。

――絶対、また来よう。次は生姜天やごぼう天、コロッケとか、気になる揚げ物を全部のせるんだ。あと、冷たい蕎麦も試してみたい。

立ち食い蕎麦屋を出ると、師走《しわす》の冷たい風が恵麻の首筋を冷やした。

おいしいカレーや温かい蕎麦、冷たい日本酒を口にしていた時には忘れていた、心春の言葉が頭に思い浮かぶ。

もう、私、一生、結婚はできないんじゃないかと思って……。

恵麻は慌てて、激しく首を振る。その考えを振り払うように。

――別に結婚が人生の目的でもないし、終着点でもない。だけど、一人で生きていく覚悟もないし、仕事もない……。

振り払っても振り払ってもしつこくまとわりつく思いを断ち切るように、恵麻は地下鉄の階段を駆け下りた。出勤する人たちが下からまるで自分を遮《さえぎ》るように上がってきて、朝が始まっていることに気づいた。

第三酒　南池袋　ハンバーグ

水沢恵麻が依頼人の家を出て、池袋《いけぶくろ》駅の方にふらふらと歩いていると、とても懐かしい、思いがけない看板を見つけて、はっと足を止めた。あまりにも突然だったので、一瞬、見間違えたかと思ったほどだ。

それは、恵麻の地元にはあるが、都内では郊外や他県に行かないとなかなか出会わない店だった。以前、久しぶりに食べたくなって少し調べたのだが、近所にはないとわかって諦めていたハンバーグ中心のファミリーレストランだ。

——こんなところで出会えるなんて……。

恵麻は軽く感動し、小走りになって店に向かった。

店は雑居ビルの二階にある。ファミレスといえば、平屋造りで広い駐車場が付いているものしか知らないから、「都会だなあ」と改めて思った。

店に入ったのは十時過ぎだった。入り口のところにある整理券発券機の前にたたずむと、券を取る前に「どうぞ、どこでもお好きなお席に」と店員さんににこやかに勧められた。

確かに恵麻の他は中年のサラリーマンらしき男性しかおらず、どこでも座り放題である。雑居ビル内の店舗ということもあってあまり広くないが、まるで森の中の山小屋のようなインテリアは健在だった。

——懐かしいなあ。

喜びがどんどんあふれてくる。二人がけの席に座ると、驚いたことにメニューがタッチパネルになっていた。木製の大きなメニュー表がこのチェーン店の特徴だと思っていたので、これには少しがっかりさせられたが、すぐに気を取り直して、タッチパネルに触れる。

「ディッシュ」と呼ばれる木の皿にのったハンバーグプレートが看板メニューなのだが、八時から十一時のモーニングにもちゃんと「ディッシュ」があるのが嬉しい。「ミニマムバーグディッシュ」と言って、普通より小さいサイズのセットがあり、朝にはちょうど良さそうだ。

しかも、十時からは通常のメニューも選べるらしく、今の時間はモーニングメニューと通常メニュー、ランチメニューも選べる、奇跡の時間のようだった。もちろん、アルコール類もある。

——昔、親と来た時はアルコールを頼んだことはなかったなあ。あたしは未成年だったし、親も車だからご飯しか食べなかったし。今日は電車で帰るから、ビールも飲める。

もちろん、ハンバーグを食べるつもりだったけど、他のモーニングメニューも魅力的すぎて悩ましい。

トーストに目玉焼きやサラダ、ベーコンなどがたっぷりのったセットやトーストセットも捨てがたい。トーストはプレーンの他に、ポテトサラダをのせて焼いたものもある。これは、ハンバーグにポテサラを包んで焼き上げた「ポテサラパケットディッシュ」と同じポテトサラダを使っているのではないか……また、謎なのは、「卵かけご飯」というメニューもあって、ご飯、生卵、みそ汁、オリジナルソースというラインナップである。

——卵かけご飯、めちゃくちゃ惹《ひ》かれるけど、どうやって食べたらいいのだろうか……。トーストやバーグディッシュといっしょに頼むの？

朝の時間に来るのは初めてで、とにかく、迷ってしまう。

それ以外で絶対に食べたいのが、「イカの箱舟《はこぶね》」というメニューだ。これはイカを丸ごと焼いたもので、父親が大好きだった。自分も子供の頃からつまみ食いしていたら、大好物になってしまった一品だった。

——そうだ、イカの箱舟を食べながらビールが飲める……大人になってよかった。

喜びもつかの間、ミニマムバーグディッシュには、チーズ、おろしそ、エッグ、パインといろいろ種類があって、これまた迷わされる。

うーんと考えたあと、恵麻は意を決して、タッチパネルに向かった。

注文したのはモーニングセットの「チーズバーグディッシュ」にみそ汁、そして、イカの箱舟とビール中ジョッキ。

——最初は木製のメニューじゃないことにがっかりしたけど、このタッチパネル、初めて使うのに、もう昔からの友達のようになじむわあ……。

また、池袋に来たいなあ、誰か依頼してくれないかな、と思った時、今朝《けさ》の依頼人、林田杏《はやしだあん》奈《な》の顔が思い浮かんだ。

恵麻が、亀山から聞いていたのは、依頼人は南池袋のアパートで独り暮らしをしている三十代前半の若い母親だということと、朝十時まで一緒にいてくれたらいいから、ということだけだった。

「ん？　池袋で、母親で、独り暮らしですか？」

電話で依頼内容を聞いたとき、そのプロフィールに少し違和感を覚えた。

「ん……なんでも、パチンコ依存症なんだそうだ」

「え」

「パチンコやったことあるか？」

「地元にいた時、数回……」

高校を卒業して大学に行くまでの短い期間、何もすることがなく、何度か友達に誘われて行ったことがあった。賭《か》け事がどうとかというよりも、あまりにも音がうるさくて好きになれず、それ以来足を運んでいない。

「あれはね、やめた方がいい。俺も一度、学生時代、夢中になりかけた」

「そうなんですか」

何度か事務所で会った亀山は冷徹そうな男で、ギャンブルをするような雰囲気はみじんも感じなかったので、ちょっと驚いた。

とはいえ、シェアハウスに来ていた祥子に「亀山社長っていつも冷静で何事にも動じない感じですよね。ちょっと怖そう……あたしが考えていることなんて見透かされそうっていうか……」と話したら、大笑いされたので、身近な人には違うのかもしれない。

「一時は親に嘘《うそ》ついて、金借りてまでやってたくらいだから」

「嘘……どんな嘘ですか」

「財布落としたから十万円振り込んで、とか」

思わず、笑ってしまった。

「それ、まるっきりオレオレ詐欺ですよ」

「いや、俺のことはいいんだよ。それより仕事の話」

自分から話し始めたのに、と思いながら続きを聞く。

「詳しい話は本人から聞いたらいいけど、ざっくり説明すると、夫は普通のサラリーマンで雑《ぞう》司《し》が谷《や》に保育園児の娘と一緒に住んでいるんだと。依頼人はパチンコにはまりすぎて、夫に怒られてもやめられないから、一時的に別居しているらしい」

「なるほど……」

「雑司が谷から近い南池袋に部屋を借りて、娘の世話もある程度はしつつ、彼女はパートをしているんだって」

「別居してパチンコ依存症が治るんですか」

「どうかなあ。パチンコをやめられるまで一時的に、と本人は言っていたが、手のかかる幼児を抱えながら夫が妻を家から出すって、相当のことだぞ。俺は離婚も含めて考えていると思う」

かわいそうに、と自然と思ってしまった。

「とにかく一度、頭を冷やせと言われているらしいが、それでも朝になるとパチンコに行きたくてしかたがなくなるんだってさ。それを止めてほしいというのが今回の依頼だ」

「わかりました」

「パチンコはだいたい十時開店だから、それまでいてくれたらいいって」

「でも十時まで見張っていても、そのあと行ったらどうしようもないじゃないですか」

「どうやらパートが十一時からだから、それまでってことらしい。本気のパチンカスは開店前から並ぶから、パートの時間まで我慢できれば行かなくて済む、ということなんじゃないか、と俺は思う」

「パチンカスってなんですか」

「パチンコにはまってるカスのことだよ」

「彼女がパチンコに行っていないかどうかはどうやってわかるんでしょう、旦那さんは」

「そういうことも含めて、向こうが話したら聞いてやればいいと思うよ」

という会話があって、南池袋公園近くの林田杏奈の部屋に来た。最終電車で来てくれればいい、という話だったので、言われた通りにした。

「いらっしゃい」

八畳一間の小ぢんまりした部屋だった。夫のマンションと行ったり来たりしているということだから、このくらいで十分なのだろう。部屋の入り口を入ったところに小さなキッチンとユニットバスがあった。

杏奈はフーディーにスキニーパンツ、という軽装で迎え入れてくれた。ほっそりとしていて化粧気もなく、茶色く染めて軽くカールした髪を一つに結んでいて、今時の普通の若い母親に見える。目がくりっとしていて、きれいな人だなと思った。

とても、亀山が言う「パチンカス」には見えない。

「ごめんなさい、ここに誰かを呼んだことがなくて、スリッパとかないの」

「あ、気にしないでください。大丈夫です」

そういう時のために、携帯用の部屋履《ば》きを用意していた。恵麻はなくてもいいと思ったけれど、「時々、スリッパがないと入れない部屋もあるから一応、持っていた方がいい」と祥子からアドバイスをもらったのだ。

「スリッパがないと部屋に入れないってどんなところなんですか」

「とても足をつけられないくらい汚《よご》れた部屋もあるし、床が冷たいこともあるし……まあ、あなたもいろんなところに行けばわかる」

そう言いながら、祥子は遠くを見ていた。過去に思いを馳《は》せている顔だった。

部屋履きを履いて中に入ると、本当に必要最小限のものしか置いていない部屋だった。目に入るのは小さなベッドと衣装ケースだけ。

「亀山さんという人には話したけど、ここは仮住まいだから」

杏奈は、恵麻の視線を感じたのか、説明した。

祥子には、あまり室内をじろじろ見たり、何か訝《いぶか》しがっているところと相手に気づかれないように
と言われていたのに、ついやってしまった、と焦る。

「そうなんですね」

何事もなかったようにうなずいた。

「ここで頑張って、絶対、家に戻るから」

彼女の声は独り言のようにも聞こえ、どう返事をしていいものか、迷った。

「明日、仕事があるなら、ずっと起きているわけにもいかないですよね」

話を変えた。

「そうなの。私はベッドに横になってもいいかな」

「もちろん。わたしは横にいますから、もし話したいことがあればなんでも聞きます」

杏奈はすでにシャワーを浴びたという。あなたも、よければどう？　と言われたけど、それ
は断った。彼女はスキニーからスウェットパンツにはき替えて、ベッドに横になった。恵麻は
その隣に、壁を背にしてしゃがみ込んだ。

「そんなところで、ごめんなさいね」

「いいんです。慣れてますから」

電気を消して、枕元の照明だけにすると、杏奈は仰向けになった。

「……百日、だいたい三ヶ月、我慢できれば戻ってきていいって言われているの」

まったく、なんの前置きもなく、話し始めた。

「今、どのくらいですか」

「一ヶ月……ううん、三週間くらいかな」

「つらい……ですか」

「そうね、つらいね。子供とずっと一緒にいられないのがつらい……娘は杏里《あんり》っていうの。私の名前から一字取って杏里……夫が、杏奈ちゃんみたいにかわいくなってほしいって言ってつけたの」

では、旦那も、少なくともその時は彼女を愛していたのだと思った。

「旦那さんも大変ですね。一人で杏里ちゃんの面倒を見て」

「今は、義理のお母さんが時々、東京に来てる」

ということは、パチンコのことは、親たちにも共有されているのか。

「杏奈さんのご両親は来てないんですか」

「……このこと、言ってない。夫にも言わないでって頼んでる。娘がパチンコ好きで別居させられているなんて知りたくないでしょ」

自虐的《じぎやく》に説明しつつ、依存症という言葉は使わないんだな、と思った。

「子供の写真、見る?」

「はい」

基本的には依頼人には逆らわないように、と言われていたので、実はさほど興味はなかったが素直にうなずいた。

杏奈がスマホを開いて見せてくれた。待ち受け画面には幼い女の子が笑顔いっぱいに映っていた。

「かわいいですね」

「今、三歳」

いわゆるかわいい盛り、という年齢ではないだろうか。

「母親失格だよね、私」

杏奈の声に涙がにじんでいる気がした。

「それなのにね、時々、どうなってもいい、もう、家族を捨ててもいいから打ちたいって思う時があるの。特に朝。開店前の時間になると胸がドキドキするの」

「失格なんてことないですよ」

そうは言ったものの正直言って、気休めの言葉でしかなかった。どうして？　と聞き返されたら、何も答えられない。恵麻も内心では「母親としてどうなの？」と思ってしまう。だから、つい聞いてしまった。

「……いつからパチンコを始めたんですか」

「学生の頃、地元でね……私は千葉県出身なの。海のきれいな街。その街から千葉市にある大学に通っていた。当時付き合っていた彼氏がパチンコ好きで、手ほどきされたの」

「その時から夢中に？」

「ううん、彼に付いていっただけ。むしろ、パチンコに行くと彼がかまってくれなくなるし、嫌いだったのに」

「じゃあ、はまっていたわけではないんですね？」

「ええ。大学を出て、東京に来たの。地元にはやりたい仕事がなかったし、一度は東京で働きたくて。派遣社員として働いた会社で、正社員の夫と知り合ったの」

「その時、パチンコは？」

「その時もやってなかった」

杏奈は深くため息をついた。当時の自分を思い出すように。

「真面目で優しい人と結婚できて……彼は正社員だし、まわりにもうらやましがられて、嬉しくてたまらなかった。パチンコしようなんて思いもしなかった」

「じゃあ、いつから」

「結婚してすぐ、夫の転勤で、岡山に行ったの。自分の仕事も辞めて」

「働き続けることは考えなかったんですか」

「まったく。派遣社員でいつ切られてもおかしくないような立場だったし、私も専業主婦に憧《あこが》れがあった。岡山では家賃も安かったし、それを全額会社が補助してくれてたから、お給料だけで十分暮らして行けたし」

「それがどこで」

「向こうに行ったら急にさびしくなっちゃったの。誰も知っている人がいなくて……。友達もいないし。子供ができるまでは主婦ってすごく楽で暇。朝ご飯作って、夫を送り出したら夕方まですることがない。向こうで車の免許を取ったんだけど、いつも行くスーパーがある国道の並びにパチンコ店があって……本当に何の気なしに入ったの。時間つぶしというか、昔行ったことあるなあ、くらいの気持ちで。お小遣いももらっていたし、多少は自分の貯金もあったから」

「最初から、儲《もう》かったんですか」

「ううん。ぜんぜん。初めての人ってビギナーズラックで結構出るって言うけどね。まあ、私は厳密には初めてじゃないけど……とにかく、五千円くらいあっという間に消えて、それが悔しくて……五千円って私には大金だったから。それでやめるってことにならなくて、次の日にはぜったい取り返してやるって、また行ってしまったの……」

「それからはまったんですか」

「そう。気がついたら、貯金なんてすぐになくなっていた。やばかったのは、夫のお金に手をつけたこと。当時、夫は私に銀行のキャッシュカードを預けてくれていたの。必要な時におろしていいって言ってくれてたから……それも最初はほんのちょっと借りて、勝ったら戻せばいいって思ってたんだけど、だんだん戻せなくなって」

「旦那さん、気づいたんですか」

「その頃は気づいてなかった。お金おろしたの？　って言われた時はちょっと服買ったとか友達が結婚したからお祝いを贈ったとかごまかして……あのままだったら本当にやばかったかも。だけど、子供ができていったんは収まったから、夫が気づく前に一度はやめられた」

「でも、また始めちゃったんですね」

「さすがに子供が生まれて、しばらくはそれどころじゃなかったんだけどね。でも子供の出産祝いを親や親戚、友達なんかからもらって、急に現金が手元に入ったのね。それに子育てが大変であればあるほど、『やりたい、やりたい』っていう気持ちがこみ上げてきて……」

「でも、お子さんはどうしてたんですか？」

「託児所付きのパチンコ店を見つけたの。家から少し離れた場所だったけど、行きたくてたまらなくって。だけど、さすがに乳児じゃね。電話してみたら、一歳以上じゃないと預かれないって言われて」

「そうですよね……もしかして、車の中に子供を置いて、とか」

「さすがにそれはやらない」

杏奈が強く首を振って否定してくれたので、ほっとした。

「最初は夫に頼んだの。土日にね。数時間でいいから子供のめんどうを見てもらえないか、って。美容院に行くとか、買い物に行くとか理由をつけて。だけど、それだけじゃぜんぜん時間もお金も足りなくて。結局、働きたいとお願いして保育園に入れたの。夫は、まだ小さいし、少しかわいそうじゃない？　って反対してたけど、最後は折れてくれた。仕事を探して、娘を保育園に預けて……働く時間を夫にはごまかして伝えて……」

その時のことを思い出したのだろう。杏奈は涙ぐんだ。

「いったい、何やってたんだろう、私。まだ乳児の子を預けて。もちろん、ちゃんとした理由があって預けるのはまったく問題ないと思うんだけど、私は自分のパチンコのために。出産祝いなんてあっという間にとかして、自分が働いたお金は全部パチンコ……食費や日用品の費用もぎりぎりまで削ってパチンコ。負けたお金を取り返すために夫の貯金にも手をつけて……でもね、生活費や夫の貯金を使ってる時の方が、勝てた時の興奮がすごいの。パチンコやってる人は『脳汁《のうじる》』なんて言うんだけど、いわゆるエンドルフィンよね、それがどーっと出る感じでたまらないの」

「それで旦那さんに気づかれたんですか」

「ううん、なぜか、岡山にいる間は気づかれなかった……気づかれたのは東京に戻ってから。夫が東京で高い家賃を払っていくくらいなら、家を買おうと言い出して、雑司が谷にマンションを買って……その時、夫に君からも少し頭金を出してほしい、出してくれたら所有権を共有名義にするから、と言われて、頭が真っ白になった。結婚する時、百万くらいの貯金はある、と言っていたから、覚えていたんでしょうね。でも、もう、そんなもの一円も残ってなかった。親から借りるとかすればよかったのに、あまりにも焦ってしまって、私ちょっと取り乱してしまって……私のお金を当てにしてるなんて最低、とか言っちゃって。夫、びっくりしていた。結局、うちの親が少しお金を出してくれることになったんだけど、あの頃から怪しんでいたんじゃないかな」

「そうなんですね」

「東京に来てからは、子供を保育園に預けて、昼間、少しだけ働いてあとはパチンコ。歩いて行けるところにたくさん店があるし、新宿や渋谷《しぶや》にも行けるし、さらに夢中になった。また夫の貯金を使って、勝ったら戻しておいたり……でも、だんだん戻せなくなって、夫には杏里の服を買ったとか言ってたんだけど、結局、ごまかしきれなくなった。何度か、何にお金を使っているのかって問い詰められて、そのたびに私は取り乱して、泣き出して、私が信じられないのかとか言って……ついに夫が興信所《こうしんじょ》に依頼して、パチンコに行っているのがばれたの。夫は最初は不倫を疑ってたみたい。証拠を突きつけられて、怒られて、私もすぐ謝って、絶対やめるって誓うんだけど、我慢できなくてほんの少しだけって思って始めて、ばれて、またけんかしてのくり返し。夫はパチンコ自体よりも、私に嘘をつかれるのが許せない、疲れたって」

それはそうだろう。恵麻は聞いていて、正直、夫にも同情した。

「半年くらいそれをくり返して、もう本当に我慢できないって……夫の両親も田舎から出てきて、怒られるっていうより、ほとんど説得されるような感じで、家を出された。夫がここを借りてくれたの。家賃の一部を出してくれてる。で、パチンコがやめられないと、家に戻れないってことになった」

「……杏奈さんがパチンコをやってるか、やってないか、旦那さんにはわかるんですか」

亀山と話した時にも疑問に思ったことを聞いてみた。

「それはもちろん、毎日、見張られてるわけじゃないけど、私みたいな人たちが集まる自助グループに入って定期的にミーティングに通うことを約束してる。そこではさっきみたいな話をするの。そこでどんなことをしたのか、話したのか、夫に報告することになってる。それにね、夫は私がパチンコに行ったらきっとわかると言うの。というか、次に嘘をついたらおしまいだって。パチンコに行っても、ちゃんと『行きました』って正直に言えば、許してくれる。でも三ヶ月の猶予《ゆうよ》をまた一日目からやり直し。だけど、行ったのに行ってない、と嘘をついたらもう絶対に許さない、その時は離婚だって。一回でも離婚だって」

なるほど、それはある意味、見張っているより強い約束だなと思った。そして、何度うらぎられても、杏奈の夫はまだ彼女を愛しているのだということも。

「それで、やっと一ヶ月経ったんですね」

「うん。実は一回だけ、破ってしまって、その時はすぐに夫に言ったの。そしたら、許してくれた。でも、やっぱりかなりがっかりしてたけどね。もうあの人のあんな顔見たくない」

「それなのに、今回、わたしを呼んでくれたのはどうしてなんですか」

杏奈は深いため息をついた。

「気がついちゃったの」

「何が？」

「去年の終わりくらいから、新しいタイプの台が始まって……スマパチって言うんだけど知ってる？」

「いいえ」

知るわけがない。

「スマートパチンコ、略してスマパチ。まあ、一言で言うと、パチンコの玉を触らずにパチンコを打てるの。台に直接、お金を入れると、玉の数が電子のカウンターに表示されるようになってる」

恵麻はちょっと想像してみた。

「じゃあ、玉が残ったり、別の台に移る時はどうするんですか？」

「出玉はＩＣカードに記されて、それを持って移動するらしい」

「玉があるのとないのと、どう違うんですか？」

「玉を触らなくていいから、衛生的だし、店員さんも楽じゃない？　重い玉を運ばなくていいし」

「なるほど」

「それに、私もうまく説明できないけど、玉を使わないことで、いろんな規制から逃《のが》れられて、ギャンブル性が高い台を作れるらしいの」

「ギャンブル性？」

「そう、つまり、なかなか出ないけど、出る時はたくさん出る。一発逆転できてお金が儲かる台があるってこと」

「なるほど」

「ネットやＹｏｕＴｕｂｅではその話題でもちきりよ。パチンコの動画は見ないようにしていたんだけど、最近はお笑い芸人さんなんかがパチンコ店と組んでいろんな番組やってるから、自然にお勧めに上がって来ちゃうの。お笑いの人たちの動画なんかを観ていると」

「そういうことですか」

「スマパチの動画がつい目に入っちゃって……観てたら、打ちたい気持ちが胸の中にわき上がってきて、もう、我慢できなくなった。このままじゃダメだと思った。今、行かないと損しちゃうような気持ちで、心がざわざわして眠れないの」

「あたし、子供もいないし、結婚もしてないから、あまり偉そうなことを言える立場ではないですけど」

「うん」

「だけど、やっぱり、お子さんのためにも、我慢するしかないんじゃないですか」

「わかってる、そんなこと」

杏奈は言い捨てた。

しばらく、暗闇の中で気まずい沈黙があった。

「……言い過ぎましたよね、すみません」

何かあったら、とりあえず、謝るように、祥子にも亀山にも言われていた。

「私もわかってるの、そんなこと」

「そうですよね」

そのまま、杏奈は壁の方に身体を向けた。でもなかなか寝つけないのは、何度も寝返りを打ったり、ため息をついている気配でわかった。

気の毒な人……。

朝になっても杏奈はあまり話をしてはくれず、気まずいまま、部屋を出てきた。

——あたしにももう少し、言い方があったんじゃないかな。まだよくわからない。

反省しているところに、イカの箱舟とビールが先に出てきた。

「お待たせしました」

「あっ」

思わず小さく声が出てしまうほど、大きなビールジョッキだった。飲み切れるだろうか。ジョッキの小、中、大とあったら、やっぱり中だろうという程度の軽い気持ちで頼んだのだが、もう少し考えれば良かったかもしれない。

でもぐっとビールをあおった瞬間、今日はこのくらい飲んでもいいんじゃないかと思った。ハードな相手だったし。何より、ビールがおいしい。もう一度、メニューを見てみると、このチェーンが小樽《おたる》で作っている自社製のオーガニックビールらしい。

——これならいくらでも飲めるよ……味が濃くておいしい。それに。

依頼主である杏奈と嫌な感じで別れてしまったことが気にかかる。もしかして、事務所にクレームなんて入れられたらクビになるかもしれない。いや、それ以上に、亀山や祥子に怒られたりしたら……ものすごくめんどくさい、と思う。

——こんなふうに朝からビールを飲むのもこれが最後になったらどうしよう。

そんなことを考えていると、いくらでも飲める気がした。

気分を変えるかのように箸《はし》を取って、イカを食べる。端の一切れを上にのっている焼いたマヨネーズを落とさないように注意しながら口に入れた。

「やっぱり、めっちゃ、おいしい」

自然に声が出るほどだ。昔から大好物だから味は知っているけど、やっぱりおいしい。イカはプリプリしていて、歯ごたえがありつつ、柔らかい。醬油《しょうゆ》ダレがかかっていて、そのタレだけ口に入れると少し甘い。ハンバーグのソースとも違うけれど、これがイカとマヨネーズに合う。

これだけでも十分満足、と思っていたところに、「お待たせしました」とハンバーグの皿が来た。

「あー」

やっぱり、また声が出てしまう。通常メニューよりかなり小さめなハンバーグだが、朝だし、ちょうどいい。

「すみません、ソース追加できますか」

「はい。すぐ、お持ちいたします」

地元でもやっていた裏技だ。お願いすれば、追加で小さい容器に入ったソースを持ってきてくれる。

たっぷりチーズがのったハンバーグを一口。チーズも追加できるけど、今日はこのくらいで十分だ。柔らかいハンバーグ。最近は肉の旨《うま》みがぎゅっと詰まったハンバーグや生焼けのたたきみたいなハンバーグも流行っているけど、日本人が子供の頃から食べ慣れているのは、こういうものじゃないだろうか。

追加のソースが来たので、ハンバーグとご飯の上にかける。これを混ぜるようにして食べるとこれまたうまい。ビールにも合って、ごくごく飲んでしまう。

――本当においしいなあ。できたら、次は卵かけご飯とポテトサラダをのせたトーストも試したい。ビールに合うだろうなあ。でも、イカの箱舟は外せない。

ついハンバーグやご飯ばかり食べていたけれど、サラダを忘れていた。細切りの大根に、これまた特製のマヨネーズがかかったサラダは、恵麻の母の大好物で、これだけを追加注文するほどだった。子供の頃は「野菜も食べなさい」と母が頼んだものを無理に口に入れられ、あまり好きじゃなかったけど、今はその気持ちがわかる気がした。ソースとマヨネーズが混ざった大根も悪くない。母は少しでも野菜を摂らせたかったのだろう、と思うと胸がちくっと痛んだ。

――あー、本当に堪能した。また、絶対来よう。

恵麻は大きく息をついた。

店を出て、一番近くの地下鉄の階段を目指した。少し酔っていたし、昨夜は寝ていないので眠たい。

――帰って、夕方くらいまでぐっすり寝よう。

階段を下り始めて気がついた。駅への階段があるこのビルは、パチンコ店だった。

――こんなに近くに店があるのか……。

階段の踊り場にパチンコ店に通じるガラスの扉がある。杏奈と話したことを思い出して、ふと立ち止まり、店の中をのぞいた。

思っていたほど混んではいない。人気機種のところはまた違うのかもしれないが……目に付くところに飲料の自動販売機があって、すべて無料と書いてある。

――あれ、店に入った人は皆、無料になるのだろうか。

気になって、重いガラス戸を押して中に入ってしまった。店の中を通って地下鉄の駅方向に直接行けそうだったので、ここを抜けていこうというくらいの軽い気持ちだった。

自動販売機をちらりと見たあと、杏奈が言っていたスマパチというのはどれだろう、ときょろきょろした時だった。どきっとした。

パチンコを打つ、杏奈の背中が見えた。

彼女はパチンコ台の前にかじりつくように座って、打っていた。部屋にいた時と同じグレーのフーディーのフードをかぶっていたので、すぐに彼女だとわかった。

どうしよう……。このまま、知らん顔で帰ってしまおうか。

たった一晩、依頼人と雇われた者として会っただけの関係である。彼女がどうなるかなんて、自分の知ったことではない。

だけど、恵麻はどうしても動けなかった。その細い肩や腕から目を離せなかった。

声をかけようかどうか迷っていると、急に杏奈がこちらを振り返った。視線を感じたのかもしれない。

「あ」

彼女の驚愕《きょうがく》の表情を見て、逆に胸がつまった。こちらが悪いことをしたような気持ちになった。

「違うの、これは違うの」

恵麻が何かを言う前に、杏奈が立ち上がり、泣きながらそこにしゃがみこんだ。まわりの人が振り返るほどの号泣《ごうきゅう》だった。

「違うのー、そんなんじゃないのー」

「いえ、杏奈さん、大丈夫です」

なだめようとしたけれど、あまりにも取り乱していて、恵麻もどうしたらいいのかわからない。

「お客様、どうかしましたか」

従業員の男性が騒ぎを聞きつけて、駆け寄ってきた。

「あ、知り合いです」

恵麻は杏奈を抱きかかえて立ち上がらせようとした。

「家に帰りましょう、ね」

杏奈は泣きながらうなずいた。

「彼に言わないで」

「え」

「夫に言わないで」

「……あたしは旦那さんのことは知りません」

恵麻はとっさに言った。

彼女の泣き声が小さくなった。涙だけが流れ落ちた。やっと立ち上がらせて、歩き始める。

「お客様！　ＩＣカードを出さないと」

カードを出さないと残りの玉を誰かに使われてしまう、と従業員の男性に言われた。彼に言われるがまま、恵麻は台を操作してカードを出し、自分のポケットに入れた。

「これは後で、私が交換して、お返しします。それでいいですね？」

彼女は小さくうなずいた。

「今日、パートは？」

店を出たところで尋ねた。

「休んだ」

彼女の声は耳を近づけないと聞こえないくらい、小さかった。

「家まで送って行きましょうか？」

彼女はうなずいて、また言った。

「彼に言わないで」

「だから、その人をあたしは知りませんから。あたしを雇ったのは杏奈さんです」

少し安心したようにうなずいた。その様子が悲しく、どこか癇《かん》にさわった。だからつい、言葉を足してしまった。

「それを言うか言わないかは杏奈さん自身で決めることです。あたしが決めることじゃない」

恵麻の声の調子に気づいたのか、彼女はまた声を上げて泣き出した。

長い一日になりそうだった。

第四酒

新橋　餃子

夕方、恵麻が仕事を終えてシェアハウスに帰ると、共用の居間で祥子と亀山が話していた。祥子はいつものようにエプロン姿でキッチンに立ち、亀山は食卓のテーブルについている。二人は恵麻の顔を見ると、ぴたりと話をやめた。

「……お帰りなさい。お疲れ様」

祥子が無理に笑顔を作っているような顔を向けた。

「今日はどうだった？」

亀山が尋ねる。まるでお父さんみたいだと恵麻は思った。

その日は「お助《たす》け本舗《ほんぽ》」の仕事ではなく、学生時代の友達に紹介された単発のアルバイトに行ってきたのだった。

「別に……友達が働いているカフェで、今日はどうしても人が足りないっていうので、一日だけ入ったんです」

「そう」

二人は表面上はにこにこしながら、恵麻の顔を見ている。

「それは大変だったわね」

「いえ、あの……そうでもないです」

「でも、初めての店で、知らない人たちと働くなんてむずかしいでしょう」

私にはとてもできない、と祥子が感心したようにうなずく。

「あたしはただ、料理を運んだり……皿洗いしたり、誰にでもできることをしただけなので大丈夫です」

「立ちっぱなしで疲れたんじゃないか」

亀山が言う。

なんだか、二人がやたらと気を遣っている雰囲気……そして、お互いに目を合わせないようにしているのが妙に不自然だ。

「そう言えば、この間は悪かったな」

亀山が急に謝った。

「どうしたの？」

祥子が尋ねる。

「水沢さんに行ってもらったパチンコ依存症の女性なんだけどね……」

亀山は南池袋の杏奈のところでのいきさつを祥子に説明した。

「水沢さんの対応がよくて、本当に助かった」

「いえ、ただ、家まで送ってあげただけですけど……」

「あとで彼女から申し訳なかったって連絡が来てね……旦那さんには自分からちゃんと話したって」

その話はあれから数日後、亀山から教えてもらっていた。

「この仕事にもかなり慣れてきたんだな」

「すごいね。私だったらどうしたらいいのかわからなかったかもしれない。そっと逃げちゃったかも」

祥子は小さく肩をすくめた。

もしかして、あたしが他の仕事をしたから心配してるのかな？　見守り屋の仕事をやめるんじゃないかと。それとも、ここから出て行くと思ったりしているのか。

説明した通り、カフェのバイトは今日一日だけだし、二人が気を揉むようなことは何もないのだけど。とはいえ、向こうから尋ねられれば答えるが、何も聞かれないのにわざわざ申し開きをする必要もない。

「じゃあ……失礼します」

恵麻は軽く頭を下げて、自分の部屋に行こうとした。

「あ、ちょっと待って」

祥子が恵麻を呼び止めた。

「いや、祥子、それはまだ」

今度は亀山がそれを止める。

恵麻は二人の間に立って、顔を交互に見た。

「いいえ、早いうちに話しておきましょう」

祥子がきっぱり言うと、亀山は黙った。

いったいどういうことなのだろう……。

「ごめんね。よかったらちょっとお茶でも飲まない？　私淹《い》れるから」

祥子が電気ポットに手をかけた。

「何か、あったんですか」

「いや……まあ座って」

亀山が自分の前の席を指さして、口ごもる。

祥子が三つのカップに紅茶を淹れている間、不自然な沈黙があった。

「さあ、どうぞ」

祥子は恵麻の隣に座った。

「ごめんね、疲れているのに」

「いいえ……」

恵麻はカップを引き寄せて、熱い紅茶を飲んだ。この雰囲気は不可解だが、冷たい風の中を歩いてきた身にはことのほか沁《し》み、ほのかに甘くておいしかった。

「蜂蜜《はちみつ》紅茶。新しく買ってきたの。置いておくから自由に飲んでいいからね」

「ありがとうございます」

「……実はね」

二人が同時に言った。

「いや」

「あの」

彼らは目配せして、結局、亀山が口を開いた。

「……今度の金曜日、見守り屋の仕事をしてくれないかな」

「もちろん、いいですけど」

恵麻はうなずいた。仕事はあればあるだけ嬉しい。

「ただ、その相手がな、男なんだ」

「え」

驚いた。これまで、恵麻は女性の部屋にしか行ったことがなかった。漠然《ばくぜん》と、この仕事では同性の部屋にしか行かないものと思い込んでいた。しかし、確かに、最初からそういう契約や決まりがあったわけではない。

「でも、大丈夫」

祥子が慌てたように口をはさむ。

「絶対に、危ない人じゃないから。安全というか、そういう心配はない人だから」

「どうしてですか。どうして、そんなふうに言えるんですか」

「相手は俺たちの……祥子の知り合いだから」

「じゃあ、祥子さんが行けばいいじゃないですか」

二人は顔を見合わせた。先に口を開いたのは祥子だった。

「それは……知り合いが行ったら、ただの訪問になっちゃうでしょ。見守りにならないから」

「……なるほど」

その言葉にある程度納得はしたものの、亀山の表情がどこか解《げ》せなかった。彼はなんとも言えない目つきで祥子を見ていた。

「相手はどんな人なんですか？　お年寄りですか」

「ううん、恵麻さんに比べたらずっと年上だけど、四十代前半かな。名前は角谷《かどや》って言うんだけど……」

「あたしが行って大丈夫なんですか」

「うん。彼の依頼はお助け本舗の女性に見守りに来てもらいたい、っていうことだから」

亀山は、恵麻の顔を見ないようにしてうなずいた。その目は祥子の方を見ていた。祥子はぼんやり、窓の外を見ていた。

角谷一希《いつき》という依頼人の家は、新橋《しんばし》からも虎《とら》ノ門《もん》からも同じくらいの距離だった。とりたてて大きな特徴のない、十四階建てのオートロックのマンションだった。エントランスのところで、教えられた部屋の番号と呼び出しボタンを押すと「はい」と確かに男性の声がした。

「お助け本舗から来ました」

「え。あ、はい」

その声にどこか、驚きというか、戸惑《とまど》いが交じっているような気がした。しかし、続いて発せられた声はもう落ち着いていた。

「六階まで上がってきてください」

部屋の前でもう一度チャイムを鳴らすと、すぐにドアが開いた。

「いらっしゃい」

角谷という男は柔らかい笑顔で迎えてくれた。

「ええと、あなたは……」

「水沢恵麻と申します。よろしくお願いします」

「こちらこそ、よろしく」

彼は足下にスリッパを置いてくれた。

部屋はそう広くはなく、玄関を入ってすぐ、ダイニングキッチンがあり、右手にトイレとバスルームがあった。奥が寝室になっているようだ。

ダイニングスペースにソファセットとテレビがあり、恵麻はそこに通された。

「……部屋が狭くてすみません」

彼は恵麻と距離をとるようにキッチンの方にあるしごく小さなテーブルの前の椅子《いす》に腰掛けて言った。たぶん、普段はそこで食事を摂るのだろう。椅子の背はキッチンにぴったりくっついていた。

できるだけ、恵麻とは離れていよう、離れなくては、というような彼の気遣いを感じた。と同時に、ならどうして自分をここに呼んだのだろう、という疑問も抱いた。

「ここは仮住まいのような部屋なので、あまりたいしたものは置いてませんが、何か飲まれますか。お茶と水くらいならあります」

彼は冷蔵庫からペットボトルの飲み物を出し、恵麻の前に置いた。そして、すぐにまた、椅子に戻った。

恵麻がお礼を言って、ペットボトルのウーロン茶を手にすると、沈黙が訪れた。

「ええと……どうしたらいいかな」

彼が再び戸惑ったように言った。

そんなに困るようなら、どうして呼んだのだ、とまた疑問がわいた。

彼は白いワイシャツに濃い紺色のズボンをはいていた。スーツの上着を脱いで、ネクタイを外したのだろう。彼が言うように、実際にここは仮住まいで、仕事に必要なもの以外は置いていないのかもしれない。

「皆さん、何か、してもらいたいことがあるんですが……普通は。話を聞いて欲しいとか、寝ているところを見ていて欲しいとか」

「なるほど」

彼は生真面目《きまじめ》にうなずいた。

「では、そこのドアを開けると、寝室があります」

指さした先は、恵麻がさっき寝室かなと思った場所だった。

「中にベッドがあって、一応、ちゃんとシーツなどは替えてあるので不潔ではありません。普段僕が使っているので、多少臭《にお》いなどあったらすみません。そこを使って遠慮なく休んでください。あ、ドアには内側から鍵《かぎ》がかけられるので、それを忘れずにかけてください」

「で？」

恵麻は思わず尋ねた。

「で？」

角谷は首を傾《かし》げた。

「で、あたしは何をすればいいんですか」

「だから、休んでください。ゆっくりと」

「そんな……」

「朝になったら、僕はたぶんいません。鍵はこのテーブルに置いておきますから、エントランスのところの郵便受けの中に入れておいてください」

「どうしてですか？」

「鍵は二つあるから大丈夫です。僕は自分の鍵を使いますから」

「いえ、そういうことじゃなくて、どうして、何もせずに寝ているだけでいいんですか」

角谷はふっと微笑《ほほえ》んだ。その笑みを見て「お、なかなかいい男じゃん」と恵麻は思った。地味な顔だけど、整っている。

「あなたは毎日、見守りの仕事で疲れているでしょうから、ゆっくり休んでください。お金も鍵と一緒に置いておきますから」

いや、と彼は言って立ち上がった。

「あなたも気詰まりでしょう。このまま僕は外に出ます。他の場所で寝ますから、一人で休んでください」

彼は傍《かたわ》らにあったスーツの上着を手に取った。本当にそのまま出て行ってしまいそうだった。

「いえ、そんなに気を遣わないでください。というか、意味がわかりません。あたしは見守るためにここに来たのに、依頼人の方が外に出て行くなんて」

その時には、恵麻はすっかり……この妙に親切な客に気を許していた。祥子たちが言うように、危険なことはまるでなさそうだった。

「ここにいてください。本当に大丈夫ですから。でなければ、あたしの方が出て行きます」

角谷は恵麻の顔をじっと見て、まいったな、とつぶやいた。

「何もせずにここで寝て、それでお金をもらえるとか、ちょっと意味がわかりません」

それに、この仕事を頼んだ時の祥子と亀山の様子も少しひっかかる。

「そうですね、ごめんなさい」

彼はまた椅子に座り、「じゃあ、少し話でもしましょうか。僕の話に付き合ってくれますか」と言った。

恵麻が何か言う前に、「失礼ですが、おいくつですか」と質問された。

「二十六です」

「お若い」

「そうでもありません」

「水沢さんは、亀山さんのところに前はいらっしゃいませんでしたよね。いつ頃から……？」

「そろそろ三ヶ月になります」

「どういういきさつであそこで働くことになったんですか。差し支えなければ、ですが」

恵麻は婚約破棄のあと、コロナにかかった自分を亀山たちが助けに来てくれたことを話した。

「それで、お二人に仕事を紹介されて。今はそこでお世話になってるんです。仕事も住むところも」

まるで、面接試験のようだと思った。

「なるほど。じゃあ、今はあの……祥子さんの目黒の」

「はい。シェアハウスに住んでいます」

「シェアハウス、うまくいってますか」

「うまくかわかりませんけど、満室です」

「それはよかった……祥子さんはお元気ですか」

「はい」

彼は、それはよかった、とは言わなかった。ただ、一瞬、視線を泳がせた。

角谷は聞き上手な人で、気がつくと恵麻は自分のこと……北海道での学生時代のことや、元婚約者の悪口を話してしまっていた。彼は適切なところで笑い、適切なところでうなずいた。

しばらく話しているうちに夜が更け、恵麻が少し眠くなってくると、彼は言った。

「そろそろお休みになってください」

「……いいんですか？」

恵麻は尋ねた。

「はい」

「本当に？」

角谷はゆったりと微笑んだ。

「本当に」

「あたしは何もしていませんが」

「あなたが来たことで、答えは出ました」


目が覚めると、やはり彼は消えていた。

テーブルに鍵とお金が入った封筒が置いてあった。通常の料金より少し多めの金額だった。

封筒の裏には、「ありがとうございました　角谷」ときれいな字で書いてあった。

なんだか、よくわからない晩だったな、と恵麻はそれをバッグに入れながら思った。

マンションを出て、新橋の方に歩いて行く。このあたりに来ることが決まった時、前から目をつけていた店を思い出したのだ。

ニュー新橋ビルの地下に下りた。

時間は九時を回っていたが、ほとんどの店が閉まっていた。自分の目当ての店もまだやってないのでは？　と不安になる。

地下街の細い道をぐるぐると歩き回るが、いつまで経っても店が見つからない。もう、これはダメだな、と諦めかけたところで、やっと一軒だけ明かりがついている店が目に飛び込んできた。

店の外に餃子《ギョーザ》を中心としたメニューが大きく貼り出してあり、目当ての店だとわかる。間口は三メートルに満たない、小さな店だった。

店内に入ると、カウンターの中で準備している女性と、テーブルを拭いている女性が同時に振り返った。

「……やってますか？」

「はい。カウンターにどうぞ」

少し高いカウンターの席に座った。テーブルの上に置いてあるメニューをじっくりと見た。

早朝から本格餃子が食べられることで有名な店だった。しかもアルコールとともに。焼餃子だけで五目《ごもく》、しそ風味、チーズ牛肉、しそチーズ、にら、高菜《たかな》……など八種類。水餃子《すいギョーザ》もほぼ同じだが、こちらにはチーズ入りのメニューがない。茹《ゆ》でると湯に流れ出てしまうからかもしれない。それとも味の相性が悪いのか……その代わりに、豚肉白菜やピーマン豚肉といった餃子があった。

他にもおつまみとして、味付け玉子、枝豆、ザーサイ、韓国のり、冷奴《ひややつこ》、塩らっきょう……テーブル上のメニューだけでもさまざまなお惣菜《そうざい》が三十種類近くもあるのに、壁にもびっしりと料理名の書かれたホワイトボードがかけられている。それでもまだ足りないのか、他にも多数取り揃《そろ》えてあります、とボードの端に書いてあった。

昼はランチ定食があり、焼餃子定食はもちろんのこと、マーボー丼、肉じゃが定食、さんま定食、コロッケ定食……などもあるようだった。この小さな店にいったい、どれだけの食材が詰め込まれているのだろう、とふと考えてしまう。

おつまみはどれも魅力的だけど、とにかく今朝《けさ》は餃子だ、と思って、じっくりと見る。焼餃子は必須だけど、水餃子も捨てがたい。

飲み物は、ビール、サワーを中心に、ホッピーや梅酒《うめしゆ》、日本酒など、一般的な居酒屋にあるラインナップが揃っている。中国酒があるのが中華料理店らしい。

テーブルを拭いている女性に声をかけて注文した。

「五目焼餃子と、にら入り水餃子をください……それから、ビールも」

やっぱり、餃子にはビールだろう。

彼女はカウンターの中の女性に、異国の言葉で声をかけた。中国語のようだった。

それまで、冷蔵庫や冷凍庫の中を整理したり、届いた荷物をそこに詰めたりしていた女性が調理を始めた。

その音を聞きながら、ぼんやりと昨夜の客……角谷のことを考える。

あなたが来たことで、答えは出ました。

いったい、どういう意味なのか。

恵麻は雑談の中で少しだけ聞いた、角谷のことを思い出そうとした。

「角谷さんはここに住んでいるんですか？」

便利な場所だし、新しそうなマンションだけど、その部屋にはどこか、人が住んでいる住処《すみか》という感じがしなかった。

「いえ、実は、大阪にも家があって、最近は東京で仕事がある時だけ、ここを使ってるんです」

「ああ、だから」

「だからなんですか？」

彼はいたずらっぽく、ちょっと笑った。

「なんだか、生活感のない部屋だと思って」

「そうですか。まあ、ここもそろそろ畳《たた》もうかと思っているんです。東京に来ることもそうなくなってきたし、こっちに来たらホテルを取ればいいことですからね」

「確かにそうですね」

「でも、ここを借りるのをやめたら、完全に切れてしまう」

「何とですか？」

角谷は一瞬、言葉に詰まったのち答えた。

「……東京と」

「ふーん」

「だから、今夜はそれを決めたかったんだけどね」

「決める？　それ、あたしと関係してますか」

「関係しているとも言えるし、関係してないとも言えるね」

「お待たせしました」

「ありがとう」

焼き上がってきた餃子は五個。こんがり色づいた美しい羽根つきだった。皿からはみ出るほど大きな羽根だ。しかもてらてら油で光っている。

――こういうタイプか……最高だな。

丁寧《ていねい》に端の一つを離す。こういうやつは時々、餃子同士がぴったりくっついて、皮が破けてしまうことがあるから。

しかし、そんなやわな餃子ではなかった。箸《はし》でつまんで裏返してわかったのだが、皮に厚みがあってもちもちしている。簡単には破れない。

ラー油をたらした酢醤油《すじょうゆ》につけて頬張《ほおば》ると、あつあつの餡《あん》と汁が口の中ではじけた。

「あうっ」

わかっているのに、うめいてしまう。そのやけどしそうな舌の上にビールを慌てて流し込む。

「おいしい。最高」

一見いい男風で優しいけど、決してこちらに気を許さない、年上の男性の部屋で何もないまま一夜を明かし、ぼんやりしながら食べて飲むものとしては最高ではないだろうか。

あなたが来たことで、答えは出ました？　知らねえよ。

恵麻は少し悔しいのだった。さすがに自分にもわかる。祥子と亀山と角谷の間に何かあって、そこから自分は外されているのが。

――もう、考えるのは止めよう。

そう思ったところで、水餃子が運ばれてきた。

こちらは小鉢にちんまりとした、五つのつるりとした餃子が盛られている。焼餃子ほどの派手さはない。

――両方、焼餃子にすべきだったかなあ。

一瞬、そんなことを考えたけど、酢醤油をつけて口に頬張るとすぐに忘れた。

――やっぱり、この何もかもつるつるむちむちとした食感最高。

焼餃子と水餃子、一見羽根の部分くらいしか違わないように見えて、実は皮の部分もかなり違う。湯を通した皮は柔らかく、でも、コシは強くなっている。

にら入り水餃子は、思ったほどにんにくや生姜《しようが》は感じられない。もしかしたら、にらを生かすために控えているのかもしれない。にらと水餃子のもちもちした食感がとても合う。

そこからは焼餃子と水餃子を交互に食べながら二つの違いを楽しんだ。それぞれ残り二つずつになったところでビールが尽きた。

——もう少し飲もう、まだいけるはず。

メニューをじっくり見て、ウーロンハイに決める。店員さんを呼んで頼んでいると、スーツケースを持った男性が入ってきた。

——夜行バスで来たのかなあ。それとも飛行機で来て電車でここまで移動したのだろうか。

彼は、ビールと餃子、おつまみがセットになったちょい飲みセットを頼んでいた。

——これから仕事なのだろうか。それとも、観光？　いや、お酒を飲んでいるんだから、あたしのように何かの仕事帰りなのかもしれない。

さらに、若い女性二人と男性が入ってきた。店員さんに「あとから三人来るから」と声をかけ、奥のテーブル席に座った。常連なのかもしれない。

この店にはちょっとした、都市伝説のような噂《うわさ》があった。近くにあるテレビ局の女子アナやスタッフたちが朝のニュース番組を終えたあとにやって来て、酒や餃子を楽しむという噂だ。確かに、彼らも早朝の仕事だから、この時間が仕事終わりの食事になるので、お酒を飲んでもおかしくはない。

そっと後ろを振り返って彼らの様子を観察した。女性たちから華やかな感じはするけれど、普通の会社員にも見える。マスクをして顔の半分が隠れていることもあり、そのニュース番組を見たこともない恵麻にはまったくわからなかった。

新橋から山手線に乗って、目黒まで帰った。

ほろ酔い気分でシェアハウスのドアを開ける。他の住人は皆、普通の会社員だからこの時間は誰もいないことが多い。だから居間に入った時、一瞬、驚いて息が止まりそうになった。

食卓のテーブルにつっぷしている女性がいた。恵麻の気配を感じたのか、おもむろに顔を上げる。

祥子だった。

「おかえりなさい」

「ただいま……戻りました」

驚いたのは、彼女がそこにいたことだけではなかった。そのやつれた顔を見て、恵麻は悟った。

その人が自分同様に、いや、たぶん、自分以上に寝ずに、昨日からそこにいたことを。

彼女はここでずっと「見守って」いたのだ。

「お疲れ様」

いや、本当に疲れているのは祥子さんでしょう、と思いながら、「はい」と答えた。

「お茶でも淹れましょうか」

この間の再現のように、祥子は言った。本当はすぐにでも部屋に戻って寝たかったけど、拒《こば》めなかった。

祥子はゆっくりと立ち上がり、キッチンに立った。

「どうだった？」

さりげないふうを装っている、と思うのは考えすぎだろうか。

「……角谷さんですか？」

「うん」

「なんというか……まあ、普通でした。ちょっと話をして、あとは寝ていいって言われたので、あたしは寝てしまって、起きたらいなくなってました」

「そう」

その声はため息のようにも聞こえた。

「あの人、なんか言ってた？」

後ろ姿の彼女からは、何の感情もうかがえなかった。

ちょっと考えた。昨日から、自分が関わらされていながら、どこか蚊帳《かや》の外に置かれていることに怒っていた。だから、今も「は？　いったいなんのことですか？　何が聞きたいんですか？　角谷さんも口があるんだから、いろいろ話せますよ、そりゃ」とか言ってやりたい気持ちになった。だけど。

祥子の細い肩を見ていたら、できなかった。

「……あなたが来たことで、答えは出ました、って」

祥子の身体がびくん、と震えた。

「わかった、って言ってました」

「そう」

「大丈夫ですか？」

彼女は、やっぱり後ろを向いたままうなずいた。

第五酒　目黒　生ハム

きっと、恵麻をずっと待っていたはずなのに、祥子はなかなか口を開かなかった。

「あの角谷さん、祥子さんと何か関係があった人なんですか？」

しかたなく恵麻が尋ねると、彼女はびくっと身体を震わせた。

「関係……そうねえ」

「もしかして、『中野お助《たす》け本舗《ほんぽ》』と？　会社に関係している人だとか？」

すると祥子はふふふと笑った。もう観念したような笑い方だった。

「そうなの、最初はお客さんでね」

「見守り屋の？」

「いえ、彼は、亀山事務所に頼まれた、別の仕事で知り合ったの」

「亀山事務所」とは、「中野お助け本舗」の社長の亀山の祖父の事務所だ。

「そうだったんですか。じゃあ、政治関係の人ですか」

「そう」

「いい人っぽそうでしたよね。紳士的だし、優しそう」

祥子の笑顔が大きくなって、その時はっと気がついた。

彼女が角谷に、少なくとも何らかの好意を持っている、ということに。

「そう思った？」

「昨日、ちょっと話しただけですけど……それでお休みになってくださいって言って、寝室を使わせてくれて、自分はどこかに行ってしまいました。朝になったら、部屋にいなくて」

恵麻は角谷からもらった封筒をバッグから出した。

「これだけ置いてあって」

祥子はそれを手に取って、じっと見た。視線の先には角谷の筆跡《ひっせき》の文字があった。

「お金も普通より少し多く入っていました」

祥子は黙ってうなずいた。


翌朝、恵麻が共用の居間に入っていくと、シェアハウスの住人、甲田《こうだ》さよが冷蔵庫から作り置きの麦茶を出そうとしていた。

水出しの麦茶は祥子が用意してくれているもので、住人は誰でも自由に飲んでいいことになっている。ただし、容器を空《から》にした人は、水を足して戸棚にある新しいパックと交換して入れておかなくてはならない。

それは共用トイレのトイレットペーパーがなくなったら新しいのを補充するのと同じで、このルールだった。

「おはようございます」

「おはよう。麦茶、飲む？」

「あ。すみません、ありがとうございます」

さよは、これもまた共用のデュラレックスのグラスを麦茶で満たして、恵麻の前に置いた。

シェアハウスの住人たちとは、特に交流はない。かといって険悪というわけでもない。すれ違えば挨拶《あいさつ》もするし、共用スペースで一緒になれば話をすることもある。でも、そのくらいの関係がちょうどよい。皆、たんたんと生きている感じで、たぶん、祥子や亀山は契約時に入居者の人柄を吟味《ぎんみ》しているのだろう。

確か、さよは最初の自己紹介の時に「フリーランスです」と言っていたと思う。それ以上の説明はなかったが、平日の昼間も姿を見かけたり、深夜も起きている気配を感じたりするので、言われた通り、自由業なのだろうと思っていた。

さよは自然に恵麻の前に座った。

彼女は身長が百七十近くあってほっそりしている。色白で藁《わら》のような髪色がよく似合っていた。普段はいつも水色のジャージ姿だったが、今日は出かける予定があるのか、薄手のセーターに細みのパンツをはいている。

「今朝《けさ》は早いんですね」

あまり、踏み込んだ質問はしない方がいいかな、と思いつつ、黙っているのもどうかと思って聞いた。まだ、八時だった。

「うん、ちょっと早いの」

「そうですか」

そのまま、話が途切れてしまった。グラスの麦茶が半分くらいになり、残りは自分の部屋で飲もうと思って立ち上がりかけた時、さよが口を開いた。

「……昨日、祥子さんと話してたね」

「あ、そうです。うるさかったですか」

部屋から玄関へ行くには、居間の横の廊下を通らないといけない。昨日は、住人の会社員の二人はすでに出かけていたし、二階に住んでいるさよも通らなかったので、誰も気がついていないと思っていた。

「ううん。ただ、トイレに行く時、下から声が聞こえてきて、何か話してるなあと思っただけ」

「すみません」

「ううん、ぜんぜん」

ちょうどいい機会だから、この際聞いておこうと思って尋ねた。

「あたしが朝、帰ってきた時とかうるさくないですか」

さよが午前中は寝ていることが多いことは知っていた。

「大丈夫。あんまり気にしないから」

「本当ですか」

「こういう場所に住んだらお互い様だからね」

「はい」

そのあたりで、ちょうど両方のグラスが空になった。

「じゃあ」

「そろそろ」

同時に立ち上がった時、「これから朝ご飯を食べに行くんだよね」とさよが言った。

「朝ご飯？」

「うん。生ハムの食べ放題がある店なんだけど、一緒に行く？」

「え」

思いがけない誘いに驚いた。一瞬ためらったが、生ハムは恵麻が、蕎麦《そば》に次いで、三本の指に入れてもいいいくらい好きなものだった。

「ちゃんとした生ハムですか？」

「ちゃんとした？」

「国産の、ピンク色のやつじゃなくて……？」

さよは顔を上に向けて笑った。そうすると、きれいな細い鼻の穴が見えた。

「わかるわかる、国内メーカーのやつ、そういうのあるよね。でも違う。濃い赤の……なんて言うんだろう、ちゃんと熟成した、えんじ色のやつ」

「じゃあ、高いんじゃないですか？　食べ放題なんて」

「ううん。生ハムとビュッフェだけなら八百五十円。飲み物もついて」

「え、ビュッフェも？　どこですか？」

「目黒駅に直結しているビルの中。私は食べたら、そのまま仕事に行くけど」

「行く、行きます」

「じゃあ、コート取ってくる」

「あたしも着替えて、上着持ってきます」

慌てて、自室でカーディガンとジャケットを羽織《はお》った。

外はまだ暖かいとはいえないが、寒さは和らいでいた。目黒駅に向かう坂道を並んで歩いた。

「ここに住んでまだ一年経ってないよね？」

「そうです」

「じゃあ、春になったら大変だよ、特に桜の時期は……」

「どう大変なんですか？」

「人がすごい。休みの日は満員で店に入れなくなる。どこも高くなるし……」

「え、そんなにすごいんですか」

「このあたりはまだましだけど、中目黒なんて通行人で渋滞になる」

「そうなんですね」

坂を上り切ったところに目黒駅があり、その駅ビルの中にさよはずんずん入っていった。

「知ってる？　目黒駅って、品川区なの」

「え、そうなんですか？」

さっきから、あたし、「え」ばかり言ってるなあと思う。

「そう。このあたりは目黒区じゃなくて、品川区なんだよ」

さよは慣れた様子で、フロアの真ん中にあるエレベーターで二階に上がった。迷いのない足取りで、奥の方の店へと歩いて行く。

「ここ、ここ」

そこはステーキハウスっぽい外観だった。一見、高そうに見える店だ。でも、入口に大きな立て看板があって、「朝から生ハム食べ放題　モーニングビュフェ　八百五十円」と書いてある。さよが言った通りだった。

「こっち、こっち」

彼女の後について店の中に入ると、思っていた以上に広い。

すぐにカウンターの中にいた女性店員が気がつき、テーブル席に案内してくれた。

「どうする？　私は生ハム食べ放題にするけど」

さよはメニューを見ながら言った。

この店は生ハムの食べ放題の他に、「朝からステーキ＋モーニングビュフェ」「焼きたて卵料理＋モーニングビュフェ」、そして、ステーキと卵料理、両方ついたものもあった。

卵料理はプラス三百円で、スクランブルエッグ、オムレツ、目玉焼きの三つから選べるらしい。

「朝からすっごい量ですね。卵とステーキと、さらに生ハムなんて……」

「うん。ステーキもおいしいよ。生ハムにプラス三百五十円で、結構ちゃんとした大きさのステーキが出てくる。だけど、ステーキも食べると、生ハムがあんまり食べられなくなるんだよね。今日は生ハムだけにしよう」

「そうですか、あたしはステーキ付きにします……それから、飲み物は……」

「コーヒーと紅茶のホットとアイスが飲み放題だよ。もちろん、お水も」

「……できたら、お酒を飲みたいんですが……せっかくの生ハムとステーキなので」

さよは、あははは、とまたきれいな鼻の穴を見せて笑った。

「朝からよく食べて、よく飲むんだね。確か、アルコールメニューがあったはず」

女性店員に恵麻はステーキ付きのモーニングビュフェ、さよは生ハム食べ放題のみのモーニングビュフェを頼んだ。そして、アルコールメニューも持ってきてもらう。

ビールは国産の生ビールの他に、黒ビール、ハーフアンドハーフ、ＴＯＫＹＯ隅田川《すみだがわ》ブルーイングというペールエールなどがある。ワインもスパークリング、白、赤が各四種類ずつあって、どれもグラスで頼めるのが嬉しい。他に、カクテル、ウイスキーなどたくさん種類がそろっている。

スペインのシラー種のぶどうを使った赤ワインがあり、それにしようかと思った時、スパークリングワインの中に「濃厚な赤の微発泡《びはつぽう》ワイン」というのを見つけた。

「これください。赤のスパークリングワイン。エミリア・ランブルスコ」

「はい。かしこまりました。ビュッフェ台に生ハムとサラダ、前菜などがありますので、こちらのお皿を使ってお召し上がりください」

テーブルの上に楕円形《だえんけい》の白い皿が置かれていた。ちょっと小ぶりで、内心少しがっかりしたが、何度もおかわりできるので大きさは関係ない、と思い直す。

「じゃあ、行こうか」

注文が終わると、さよは待ち構えていたように、立ち上がった。

ビュッフェ形式というのは本当にわくわくする。

ホテルや旅館の朝食ビュッフェに比べたら小さいが、このビュッフェも十分楽しい。

まず、メインイベントの生ハムが、プレートにどっさり盛られて置いてあった。それを自分の皿に取った。薄切りの生ハムは柔らかく、バラの花のように皿の上で咲いた。

そのすぐ横にサラダのボウルが置いてあった。カットされたレタスのグリーンリーフが盛られている。それを生ハムのバラの横に葉っぱのように添えた。

前菜は角切りの牛肉の煮込み、一見ミートソースのように見える肉のソース状のもの、そして、白っぽいソーセージのボイルの三種類があった。どれもおいしそうだったが、たくさん食べてしまうと、ステーキもあるし、肝心の生ハムが食べられない。恵麻は用心して、一つずつ皿にのせた。

それらの前菜の間に、カットされたパウンドケーキのようなものがあったので、それも一切れだけ、皿の端に置いた。

その横に飲み物が並んでいた。さよが言っていた通り、アイスコーヒーやアイスティー、ミネラルウォーターなどがある。アイスティーを取ったら、もうそれ以上は持てなくて、恵麻はスープとパンを断念して、いったん引き返す。テーブルに戻ると、そこにはすでにスパークリングワインが置いてあった。

さよは先にテーブルに戻っていて、生ハムとレタスをごまかついたパンにはさんでサンドイッチにし、頬張《ほおば》ろうとしているところだった。

あまりこちらに気を遣わないそういうところに、「付き合いやすそうな人だなあ」と思った。

「お先に」

恵麻が座ると、さよはパンにかぶりついた。

「その食べ方、いいですね」

「うん。私も、今日これから仕事じゃなかったら、飲むんだけどね」

さよは恵麻のスパークリングワインをうらやましそうに見ながら言った。

「さよさんはいつも、どんなお酒を飲むんですか」

「私はビール派かなあ……ああ、黒ビールが飲みたい」

「黒ビールと生ハムのサンドイッチ、いいですね」

「うん、この組み合わせ、最高だよ。持って帰りたいくらい。さすがにそれはしないけど」

恵麻は濃厚な赤のスパークリングワインを一口飲んだ。濃厚と言うだけあって、色もすごく濃い。そして、結構、甘い。

「どう？」

さよが上目遣《うわめづか》いで言った。

「おいしいです。ほら、ぶどうジュースですごく濃いやつ、あるじゃないですか。あれにアルコールを入れて、発泡させた感じ。飲みやすくて、すいすい飲んじゃいそう」

「いいね」

「よかったら、一口飲みますか」

恵麻はグラスをさよの方に押し出した。

「ううん。やめとく、今日はちょっとしらふじゃないと、だめなの」

「ふーん。さよさんの仕事ってなんなんですか？　確かフリーランスなんですよね？」

さよは一瞬、黙り込んで生ハムを口に入れ、咀嚼《そしやく》している。しばらくしてぽつんと言った。

「いろいろやってるけど、今はネットのライター。いわゆる、こたつ記事って言われるものを中心に書いてた」

「『こたつ記事』？　なんですか、それ」

「知らない？　ほら、ネットとかで、テレビや雑誌、ＳＮＳの情報を組み合わせて記事にしてるやつ……こたつでテレビを観ながら書けるから、こたつ記事」

どてら姿のさよがこたつの前で記事を書いている姿が思い浮かんだ。

「へえ、そんなふうに言うんですか。知らなかった。ネットで話題になるの、最近、ほとんどああいうのですよね」

「ギャラは安い値段だけど、ＰＶ稼げれば、そのぶんお金が入ってくる……だけど、私がこの仕事を選んだ理由は、それだけが理由じゃないの」

「それだけじゃない？」

「私、ずっと芸人の宮本《みやもと》さんが好きでさ」

「あ、宮本隆史《たかし》さん？」

ずっと司会者をしていて、長年、お笑い芸人の第一線で活躍している芸人だった。

「うん。みやちゃんが本当に好きで、いわゆる、宮本教の信者」

さよは照れたように笑った。

「十代の頃からずっとファン。本も読んでるし、テレビ番組も全部観ているし」

「それで、記事を書いてるんですね」

すると、さよは小さく首を横に振った。

「みやちゃん、こういうこたつ記事とか大っ嫌いなんだよ」

恵麻は驚いた。宮本さんのファンであることと、彼が嫌いなことをあえて仕事にしているというのがどうしても結びつかない。

「だけどね、だからこそ、できることがあるんじゃないかって思ったの。ああいう記事、私もいろいろ読んで、ひどいのもたくさんあるって知って、それなら、自分が正しい記事を書いたらいいんじゃないかって思ったの。正確な情報がちゃんと伝われば、間違った内容や、センセーショナルな記事を駆逐《くちく》できるんじゃないかって」

「すごい。そんなこと考えてもみなかったけど、確かに本当のファンなんですね」

「だから、私なりに頑張ってたつもりなんだけど……」

「どんなふうにされてたんですか」

「とにかく、番組はちゃんと録画して、正確な言葉を一字一句そのまま書くようにした。変な憶測やこちらの感想は入れない。あと、彼の本も読み込んで、できるだけ、彼の言わんとすることが伝わるように書いて」

「それって、結構、大変そうですね」

「うん、大変だった。時間かかるし、たいして、ＰＶものびないし、お金にしたら微々《びび》たるもの。それでも、少しは読んでくれる人が出てきて、ネット上で間違った内容が伝わった時に、『こっちの記事を読んで欲しい、正確に書かれてるから』って引用してくれる人とかも増えて……まあ、もちろん、みやちゃんの記事だけを書いているわけじゃないよ。ＳＮＳとかで炎上している人について書いたりもした。そういうのは比較的早く書けるし、ＰＶもわりと稼げる」

「今日、しらふで行くのって、そのお仕事と関係あるんですか」

「うん」

さよは目を伏せた。

「でも、みやちゃんはそういう記事が嫌で、この間、情報番組やめちゃったでしょ。だったら、私ももうやっててもしかたないかなあって。今日は契約している編集部に、やめるって言いに行くんだ」

「でも、宮本さんの番組は他にもありますよね」

「そうだけど……私もちょっと疲れたのかな。頑張っても、あまり報われないし」

「あたしにもちょっとわかる気がしますよ。深夜ラジオとか時々聞くけど、それが記事になってるのを読むと、ぜんぜん、違うふうに書かれてるって、思う時ありますから」

「え」

さよが顔を上げた。

「ラジオとか、聞くんだ！　じゃあ、あなたも記事書かない？　ラジオ方面は書く人少ないからきっと喜ばれるよ」

本人はやめようとしているのに、手を取らんばかりにして言う。

「いやいや、あたしなんて、無理ですって。文章なんてうまく書けないもん」

恵麻は慌てて、顔の前で手を振った。

「記事なんて書いたことないし」

「皆、同じだよ。ネットにたくさん載ってるじゃん、あんな感じで書けばいいんだよ。私は夢破れたけど、ファンの人の言葉が正しく伝わるようにするって、悪い仕事じゃなかったんじゃないかな、って思ってる。だって、その記事から話題になって人気になった番組もたくさんあるんだよ。要は嘘《うそ》の切り取りはせずに、興味を持ってもらえることを目指すこと」

恵麻も、記事を書くかどうかはともかく、何か、フリーランスで働くことができないか、いつか会社員に戻るとしても、副業でできることはないかと考えてはいた。

悪い話ではないと思ったが、いかんせん、自信がない。

「まあ、考えといて。その気になったら、いつでも紹介できるから」

さよは恵麻の表情で察したのか、それ以上、勧めてはこなかった。

「ありがとうございます」

ステーキが運ばれてきた。

さよが言っていた、小ぶりだがちゃんとした大きさのステーキである。これが生ハム食べ放題に三百五十円足しただけで食べられるのは悪くない。

ステーキにはアイスクリームのような形に盛られた一口サイズのライスまで付いていた。

「わ、おいしそう」

「ね、結構、ちゃんとしてるでしょ」

「はい」

ナイフを入れると、すっと切れた。ミディアムに焼かれた肉はとても柔らかい。ソースはオニオンと醬油《しょうゆ》の味がした。これがとてもご飯に合う。もっと、ご飯を食べたいくらいだった。

生ハムもおいしかったが、ステーキとご飯と濃厚なスパークリングワインの相性がとてもよかった。

「ねえ、生ハムを最初に食べたのっていつ？」

さよが生ハムでレタスを包んで口の中に入れながら尋ねた。

「うーん、どうだったっけ。確か最初は、ほら、日本のメーカーのピンク色の生ハムで、コンビニでも買える」

「ああ、さっき言ってたやつね。私も最初はそれかな」

「ちょっと生肉みたいで、びっくりしたんですよ。母が買ってきて、サラダにのせてくれたんだけど、おっかなびっくりで食べて。普通のハムよりしょっぱいけどおいしいなあ、と思いました」

「あれはあれで、悪くないよね」

「それで……次は小学生の時に、地元の洋食屋さんのサラダかなんかに今みたいな濃い色の生ハムがのってて、すごい、めちゃくちゃ、おいしいって思いました」

「小学生で、外国産の生ハムか。やっぱり、恵麻さんて若いんだね」

「いや、さよさんだって、そんなに歳が違わないでしょ」

「やだ、私、来年は四十だよ。生ハム食べたの、東京に来てからだもん」

「え！　同じくらいかと思ってました。少し上とは思ってたけど……」

お互いに顔を見合わせて、笑った。

「ねえ、昨日、祥子さんと話してたのって、もしかして角谷さんのこと？」

笑って距離が縮まったと思ったのか、さよは恵麻に顔を近づけてささやいた。

「え、さよさん、角谷さんのこと、知ってるんですか？」

「知ってるも何も。あのシェアハウスを始めたばっかりの頃は、角谷さんも一緒だったんだよ。あそこの住人は女性ばかりだから、あんまり来なかったけど、私が入居した時は彼と亀山さんが荷物を運ぶのとか、ダイニングの模様替《もようが》えとか手伝ってたもん」

「へえ、そうだったんですか」

「角谷さんと祥子さんは民泊《みんぱく》始めたけど、コロナで観光客が来られなくなって、それでシェアハウスに変えたんだよね。私も仕事が一時的になくなって、前の家を出た時に拾ってもらった。再就職できたら出て行くつもりだったけど、なんか、居心地よくて、そのまま居着いちゃってる」

「そんなことまで知ってるんですか」

「角谷さん、ちょっといい男だったでしょ？」

「え、まあ」

「あの人、祥子さんと完全に終わったのかなあ？」

探るように聞かれたけど、なんと答えていいのかわからなくて、困ってしまった。すると、さよは、あはははは、と大きな声で笑った。

「冗談、冗談。でも、あの二人、どうなんだろう？」

「……まあ、なかなかむずかしいようです」

それだけ答えた。

「じゃあ、私、そろそろ行くね。今日は自分を元気づけようと思って、ここに来たんだ。でも、もう行かなくちゃ」

「あ、ありがとうございます」

恵麻は慌てて頭を下げた。

「ううん、こちらこそ。まあ、また、朝ご飯、食べに行こうよ。他にも目黒雅叙園《がじょえん》の朝食ビュッフェとか、値段は高いけど結構いいよ」

さよはどうして急に自分を誘ってくれたんだろう、と恵麻は思った。まさか、角谷のことを聞くためでもあるまい。

「朝ですか」

「うん。私、朝食食べに行くの好きなんだ。夜や昼より安くて、しかも空《す》いていて豪華な気分が味わえるから」

じゃあね、と手を振って出て行った。

「頑張ってください」

その後ろ姿に、つぶやいた。

久しぶりに人と話しながら食べた朝ご飯は、とても楽しかったけれど、一人になるとそれはそれで、ほっとした。

ステーキもまだ残っているし、生ハムもまだまだ食べたい。

恵麻は軽く手を上げて女性店員を呼び、赤ワインをもう一杯頼んだ。今度も少し迷って、カベルネとメルローを使ったフランスワインにした。思った通り、こくのある味で、肉によく合う。

空になった皿を持って、さらに料理を取りに行った。

生ハムをもう一度取って、その隣にサラダを盛った。まだまだ食べられそうだ。小さめのフランスパンがあったので、それも取った。スープもカップに入れる。

テーブルに戻り、さよの真似をしてサンドイッチを作った。パンは柔らかく、ベトナムのサンドイッチ、バインミー用のパンにちょっと似ている。生ハムとレタスをはさみ、ドレッシングもかけてかぶりついた。

これもまた、いける。

——生ハムはどんな食べ方をしてもおいしいなあ。

オレンジ色のクリームスープを口の中に入れると、海老《えび》の香りが広がった。この店は夜はオマール海老などのメニューもあるらしく、その殻《から》で出汁《だし》を取ったのか、予想していたより、ずっと本格的な味と香りだった。

一人になると、昨日、祥子と話したことが次第に脳裏に蘇《よみがえ》ってきた。

恵麻は祥子のことが好きだった。恩人でもあるし、仕事も住むところも用意してくれた。何より、自分を気にかけてくれているようで、時々声をかけてくれる。これが、都会でひとりぼっちになってしまった、と感じていた恵麻にとってはありがたかった。かといってあまりべたべたせず、そのバランスも居心地良かった。また決断が速くて、アドバイスが的確なのも頼りになる。

でも、昨日の祥子は、ずっと歯切れが悪く、様子がおかしかった。

「……私ね……付き合ってたの、角谷さんと」

やっぱり、と心の中でつぶやいた。

「コロナが始まる少し前くらいかな。付き合うことになった時、彼から一つの提案があったの。同じマンションの別の部屋に住んで、ゆくゆくは一緒に外国人相手の民泊をやらないか、って」

「ああ、あの頃、流行《はや》りましたよね」

「そう。私には一つの目標というか、夢があって……私バツイチなんだけど」

「最初の頃、ちらっと聞きました」

それは祥子たちに助け出された時、コロナが治ってもなかなか立ち直れず、愚痴《ぐち》ばかりこぼしていた時期に教えてくれたのだ。

私もバツイチだよ、と。

一度結婚できただけでもいいじゃないですかあ、とまた泣いてしまったのだが、でも、それを教えてもらって、少し気が晴れたのも事実だった。

「子供もいて」

「え」

それは初耳だった。

「娘は夫の方に引き取られてるの。今は夫の再婚相手と暮らしてる」

うまく返事ができそうもないので、黙っていた。

「だから、私は娘を引き取って一緒に暮らすのが夢なんだけど、角谷さんはそのことも考えて、新しい仕事というか商売ができないかって提案してくれたのが民泊。最初は自分の家や部屋の一室を貸して、順調にお金が貯まったら、別の家を借りたり買ったりして、どんどん規模を広げていこうって……」

そして、もちろん、その後のことは恵麻にもわかった。

「同居はしていなかったけど、五反田の近くの同じマンションの中にそれぞれ部屋を借りて、行き来する生活で、私はいつかはそこに娘も呼べたらいいなと思ったの。最初の数ヶ月はうまくいってたのよ。私の部屋に、海外からの女性旅行者を泊めたり……ああいう民泊は日本ではただ単に、部屋を貸す商売ととらえている人が多いけど、本当はその国の人と同じ家で暮らしたい、日本の生活を体験してみたい、という旅行者もたくさんいるの。だから、結構、海外のお客さんが来てくれた。それで、手を広げようと思って、この家を借りたの」

「でも、ダメだったんですね」

「うん。そうなの。コロナが流行って、旅行者が入国できなくなって……そのあたりからだんだんおかしくなっていったのね、私たちも」

祥子はお茶を飲んで、ため息をついた。

「結果的にはシェアハウスにして正解だったんだけど、そこまでが大変だった。お客さんは誰も来ないのに、家賃だけは毎月払わないといけないでしょ。すぐに解約したい気持ちもあったんだけど、ここまで民泊やシェアハウスに向いていて、大家さんもそれを承諾してくれてるところってなかなかないから、踏ん切りがつかなくて。来月は大丈夫じゃないか、再来月にはコロナも収まるんじゃないかって、引き延ばしてしまって……コロナに関する支援金はなんでももらったし、公庫からもお金を借りたわ。コロナで娘にもなかなか会えないことが続いて、それもまた、焦りになった。娘を引き取りたい、一緒に住みたいってそればかり考えてしまって。角谷さんも結構、援助してくれたのに、この商売を勧めてくれた彼のことも、少し恨んでしまったくらい」

「あの頃は皆、つらかったですよね」

気がつくと、慰めるような口調になっていた。

「結局、思い切って、マンションを出て私はこちらに住むことにして、シェアハウスとして募集をかけたら、コロナで雇い止めになった人とか、店が休業して働けなくなったクラブなんかに勤めていた人とかが来てくれて、すぐに一杯になったの」

「祥子さん、前はここに住んでいたんですか」

「そう。入居希望者が多くなったから、今は別の場所に移ったんだけどね。別の物件も借りて、男性だけのシェアハウスもやっている」

「すごいじゃないですか」

「でも、それから彼とはギクシャクして、そのまま……彼も大阪の方に仕事があって戻って来られなかったりして、五反田のマンションを出て、今の小さな部屋に移ったの」

「ふーん」

「今、思うと、あの五反田のマンションが鬼門《きもん》だったのかも。民泊をして、娘を引き取るつもりで、広くて家賃も高い部屋にしたから。自分たちには分不相応《ぶんふそうおう》だったのかも、って思う」

祥子は弱々しく笑った。

「……角谷さん、今、住んでる部屋を引き払おうかなって言ってました」

「しょうがないね」

それだけですか、一度話された方がいいんじゃないですか、と言いたかったけれど、口には出せなかった。同世代の友達なら、絶対にそう言ったと思う。でも、祥子には子供もいるし、複雑な事情が絡んでいるのがわかって、気安くアドバイスなどできなかった。

ため息をつくと、赤ワインの匂いがした。

スマホの時計を見ると、ここに来て五十分が経っている。一時間という時間制限があるから、そろそろ出なければならない。周りのテーブルも埋まってきた。

サンドイッチの最後の一口を、赤ワインで流し込む。喉《のど》が少しひりついた。その痛みが何かを思い出させた。

機会があったら「ちゃんと話し合った方がいいんじゃないでしょうか」と忠告したかった。なぜなら、祥子と角谷には、自分と婚約者の間にあったような、険悪な雰囲気がなかったからだ。

痛みの記憶は、破局の後、しばらく部屋で安ワインばかり飲んでいた時のものだ、と気がついた。あの頃は、本当に地獄《じごく》だった。

やっぱり、彼女に言わなくてはならない。

ダメになっても、このまま、別れてしまってお互いに悔恨《かいこん》を残すよりずっといいはずだから。

第六酒

恵比寿　中華

世の中は、ゴールデンウイークらしい。

カレンダー上では平日でも、街中に人があふれている。

恵麻にはなんの予定もない。

「ゴールデンウイーク、どうするの？」

所長の亀山から、会議の前にたまたま同僚と二人きりになってしまった時のおざなりな会話のような電話があったのは、四月の半ばだった。

「特に予定はないです」

会社員時代なら、もう少し見栄を張った返事をしたかもなあ、と思いながら答えた。

「実家に帰らないの？」

そんなことを言われると、もしや、親から何か連絡が亀山のところに入っているのか、と疑ってしまう。うちの娘、ゴールデンウイークにも帰ってこないようなんですが、何か予定が入っているんでしょうか、もしや新しい彼氏でもできたんでしょうか、とか。

「……まあ、帰らない、予定、ですが……今のところは」

用心しながら、そう答えた。

「そう。それはよかった」

だけど、亀山の考えていたことはまったく違っていた。

「じゃあ、お休み中、仕事入れてもいいよね？」

「あ、ええ。そういうことですか」

ちょっと気が抜ける。

「そういうことって、他にどういうことがあるんだよ」

彼はおかしそうに笑う。

「いえ。別に、でも、ゴールデンウイークに呼ぶ人いるんですか？　見守り屋なんて……」

「ま、連休が始まればわかるよ。いつもと違って、急な仕事が入る可能性がある。できたらフレキシブルに動いて欲しいんだけど、当日入って、って言われても行ける？」

「ちゃんとした人なら大丈夫です」

亀山の言葉が真実だとわかったのは、憲法記念日の前日、五月二日のことだった。

「今夜、動ける？」

ゴールデンウイークが始まってもしばらくは何も連絡はなく、「なーんだ」と思いながら、寝っ転がってＹｏｕＴｕｂｅを観ていた。

「あ、大丈夫です」

慌てて起き上がった。

「場所は恵比寿。女性、歳は水沢さんと同じか少し上くらい」

「ここから近いですね」

「うん。ゴールデンウイーク、一人で暇だからお願いしたいって言ってた。ただ、ちょっと気をつけて」

「なんですか？」

「初めてのお客さんだし、少しイライラしている感じだったから。ただ暇なだけという理由で、人は見守り屋を呼ばない」

何かの題名みたいだな、と思った。『ただ暇なだけで人はあなたを呼ばない』。

「何か、もっと深い理由があるのかもしれない。地雷《じらい》を踏まないように」

「電話だけでそんなこと、わかるんですか」

「まあね。本来なら祥子に行かせるべきかもしれないんだけど、このお休みは子供と過ごすらしいから」

「それはいいですね」

「なんでも、祥子の元旦那と今の奥さんは奥さんの実家に行くらしくて……明里《あかり》ちゃんは祥子と過ごしたい、と言ったらしい」

なかなかの闇を感じてしまう話で、どうもうまく返事ができなかった。もしかしたら、思っているよりも早く、祥子と明里ちゃんは同居することになるかもしれない。

しかし、亀山はくったくなく続けた。

「俺も昔からのお客さんの予定が入っててね」

ふと思った。亀山はいつもそんなことを言っている気がした。彼にはいつも昔からの馴染《なじ》みの客が入っているようだ。でも、本当だろうか。

「大丈夫です。頑張ります」

祥子に頼らなくても、自分も一人前にやれるところを見せたかった。

「じゃあ、よろしく。住所はメールで送ったから」

恵比寿から徒歩十分程度のマンションらしい。部屋の番号からするとそこそこ高層階だ。いいところに住んでるなあ、うらやましい、と思いながら電話を切った。


夕方、出かける用意をして階下に下りると、一階に住んでいる、さえりと美奈代《みなよ》がダイニングキッチンのテーブルに向かい合って座り、笑っていた。

二人とも会社員で、セミロングの茶色い髪に丸顔で、いつも似たようなアースカラーの服を着ている。一見、姉妹《しまい》のようによく似ているし、仲がいい。

「おでかけですか」

ダイニングキッチンのそばを通ると、さえりが声をかけてきた。彼女は身長百六十センチくらいで、美奈代が百五十五センチくらい。背が少し高いだけで、なんとなく、さえりがお姉さんに見えた。

「仕事に行ってきます」

祥子から聞いているのか、二人は恵麻が見守り屋の仕事をしているのを知っているようだった。

「お気をつけて」

「お二人は、ゴールデンウイークはどこか出かけないんですか?」

二人は顔を見合わせて笑った。

「私は五、六、七日は彼氏と伊豆《いず》に行ってきます」

「あたしは同じ日程で妹と京都に行ってきます」

美奈代が「ゴールデンウイークに家族と旅行なんて終わってるんだけど」と言って、肩をすくめた。

「いえいえ」

実家にさえ帰らない人間はもっと終わってるんだろうか、と考えながら家を出た。

恵比寿までは目黒からだと電車に乗るほどの距離でもないし、かといって、歩くには少し距離がある。シェアハウスには共用の自転車が一台あって、いつでも使っていいことになっていた。

家を出ようとすると、その自転車が家の前に停まっていたので「乗って行こうかな?」と一瞬考えたのだが、帰りに朝酒《あさざけ》をする可能性もあると考え、乗るのをやめた。

目黒から山手線に乗り、恵比寿で降りた。依頼人の家は東口方面で、山種《やまたね》美術館の近くにあるらしい。

――このあたり、結構、坂が多いよなあ。

少し息を切らしながら、閑静《かんせい》な住宅街にあるマンションまで歩いた。

当然、オートロックのマンションだろうと思っていたら、そうではなかった。広いエントランスを抜けると住民たちの郵便受けが壁に並んでいて、その奥にエレベーターが見えた。意外と古い建物らしい。

部屋番号を確認し、最上階の十階に上がった。依頼人のドアのチャイムを鳴らすと、待ち構えていたかのようにすぐに開いた。

「いらっしゃい」

亀山が言っていた意味が少しわかった。

依頼人の高野真希《たかのまき》は左手にワイングラスを持っていて、それは赤ワインで満たされていた。

「中野お助《たす》け本舗《ほんぽ》の水沢恵麻です」

「わかってる。どうぞ」

彼女の後について部屋の中に入った。

外観は古く見えたが、中に入るとそれほどでもない。ただ、天井が少し低いような気がした。

玄関からまっすぐに廊下が延びており、トイレと風呂場のドアがそれぞれあった。廊下の奥にガラスがはまったドアがあり、その向こうはダイニングルームになっていた。

「いらっしゃい」

彼女はもう一度言って、恵麻をソファに座らせた。ダイニングルームにはソファセットと大きなテレビ、背の低い本棚があった。

「何か飲む?」

「いえ……一応、飲み物は持ってきています」

恵麻は自分のリュックから、水のボトルを出した。

「ああ。そうか。今、いろいろ物騒だもんね。面識のない人のうちで何を飲まされるかわからないよね、同性でも」

決して、そういう意図ではなく、ただ自前で用意していただけなのだが、真希は一人で納得してうなずいている。

「いえ、別にそういうわけでは」

「ううん、あたしはそういうの、気にしないから」

訳知り顔でうなずいた。

真希は隣のキッチンから赤ワインのボトルとピスタチオが山盛りに載った皿を持ってきて、テーブルの上に置いた。

「よかったら、食べる?」

「はい。ありがとうございます」

悪い人ではないらしい。

真希は大柄でラグラン袖《そで》の大きめのカットソーにスパッツをはいていた。長い髪はアップに結っていて、きちんと化粧もしている。どこか大まかな、雑に描いた絵のような顔立ちだった。

とはいえ、美人だという人もいるかもしれない。

「なんか、することなくてねえ」

しばらく黙っていると、彼女の方からため息交じりにそう言われた。

これは、確かに、亀山から伝え聞いていた通りなのかもしれない。

「あたしさあ……愛人やってるのね」

え、と大声で返事しそうになったのをぐっと堪えた。地雷を踏むなと言われたことをとっさに思い出したのだ。

「……そうなんですか」

大きくもなく、小さくもなく、熱くもなく、冷たくもなく……なんの感情も差しはさまない声を出せた自信があった。

「そうなの」

それから、彼女はしばらく黙った。

「……いつからですか？」

しかたなく質問してみた。

「うーん。コロナが始まった、少しあとくらいかなあ」

あ、意外と最近なんだと思った。

「その前は会社員とかだったんですか」

「ううん。その前はこの近くの、キャバクラとスナックの間くらいの店で働いていて」

「はい」

ここから、彼女の身の上話が始まるのかなあ、と思った。

「愛人て、こういう休みの時、本当にすることないのね」

いや、身の上話が始まるのは、まだまだ先のようだった。


朝、八時過ぎに真希の部屋から出ると、彼女が寝静まった頃にスマホで探した、二十四時間営業の中華料理店に向かって歩いた。

二十四時間営業の店には今まで行ったことがない。

深夜はともかく、今は朝八時だ。いったい、自分の他に、どんなお客さんがいるんだろう？

ネットで見る限りは、モーニングなどのセットメニューはなさそうだった。

昨夜とは逆方向に恵比寿駅まで歩き、そこを通り過ぎてまた坂を少し上ったところに店があった。雑居ビルの二階の窓から、赤い提灯がさげてあるのが見える。いかにも中華料理店という風情《ふぜい》で、看板も赤い。入口に「24H Grand Menu」と書かれた看板があり、大きな北京《ペキン》ダックの写真が貼ってあった。北京ダックが一推しの、人気メニューらしい。

中に入ると、赤と青を基調とした華やかな店内の半分だけ電気がついた状態で、静まりかえっていた。男性店員が一人、テーブルでまかないらしき料理を食べている。

「いらっしゃいませえー」

恵麻に気づくと、彼は少し訛《なま》りのある日本語で言って立ち上がった。

「一人です」

窓際の明るい席に案内された。

店内にはもう一組、三人連れの男性がいて、朝からビールを飲んでいる。カジュアルな服装だった。旅行者か、近くに住んでいる人かもしれない。

テーブルの上に大きくて厚くて重いメニュー表が置いてあった。驚くほどたくさんの料理が並んでいる。

まずはもちろん、名物の北京ダックが写真入りで「本窯《かま》焼き北京ダック」と出ており、食べ方が丁寧《ていねい》に紹介されていた。なんでも「三度食べるとクセになる」北京ダックらしい。次のページには「特別鴨《かも》料理」として、鴨の前菜、鴨の点心《てんしん》、鴨の熱菜《ローツァイ》がずらりと何十種類も並んでいる。その次のページには水餃子《すいギョーザ》がびっしり。これまた、二十種類以上の水餃子があって、「オーダー後、手包みいたしますので、多少お時間がかかります」と期待を煽《あお》ることが書いてある。次が前菜のページ。一般的な中華の前菜と呼べるものはほとんどそろっているんじゃないか、という三十五種類がずらり。その次も前菜とサラダと野菜料理。さらに次はこの店の「最強料理8選」として、スペアリブ炒めや酢豚《すぶた》などが並び、加えて、麻婆豆腐《マーボーとうふ》やナス、春雨《はるさめ》などの六種類。それから、牛肉、豚肉、それぞれの内臓料理、海鮮料理、羊肉料理、玉子料理、鶏肉料理、春餅巻《ちゅんぴんまき》セットなどと続き、やっとスープや粥《かゆ》、ご飯もの、麺類《めんるい》などが出てくる。次のページは点心、餃子、小籠包《ショーロンポー》、デザート……でやっと終わったと思ったら、その後にまた、中国火鍋《ひなべ》、重慶焼魚《じゅうけいやきざかな》、重慶麻辣香鍋《まーらーしゃんぐお》などの特別料理が続く。いったい、何種類の料理があるのか、とても数え切れない。果てしない数である。

いかにも中国料理の店だなあとわくわくしつつ、こんなにたくさんのメニューを瞬時に二十四時間出せる厨房というのはどうなっているのだろう、とも思う。

さあ、感心ばかりしていても始まらない。いったい、何を食べよう……。

前菜の中にある、ジャガイモ千切りさっぱり味、という料理はきっとさっと火を通したジャガイモのサラダだろう。恵麻の好物でもあるので最初の一皿として頼むことにした。二百六十円という手頃な値段からして、きっと量もほどよいに違いない、と思う。

それから、せっかくだから少し鴨も食べたい。さすがに北京ダック一羽を平らげるのは無理だから、代わりに、「北京ダック春巻き」はどうだろうか。それから、水餃子も食べたいな……。

「すみません」

男性店員に声をかけた。

「はい」

「注文お願いします。ジャガイモ千切りさっぱり味、北京ダックの春巻き、四川《しせん》麻辣スープ餃子をください。それに、生ビールを」

どれも二百円から四百円台の料理で手頃な値段だった。

彼は軽くうなずいて、奥に引っ込んだ。

注文を終えて、開け放たれた窓から外を見る。いい天気だけど、まだ暑くはない。涼しい、いい風が入ってくる。周りはビルが立ち並んでいる場所だけど、こうしているとどこか、海外に来ているような気持ちになってくる。

「……そろそろ、海外旅行にも行きたいなあ」

つい独り言をつぶやいていると、新しく二人の男性客が入ってきた。彼らは男性三人連れのテーブルにまっすぐに向かって行った。知り合いらしい。

「どうも、どうも」

「終わった？　大丈夫？」

「はい、あれから、ちょっと連絡が入って……」

聞くともなしに聞いていて事情がわかった。彼らは近くの会社で働いている同僚同士らしい。どうやら昨夜から会社で徹夜作業していたエンジニアのようで、仕事が終わった人から順にこの店に来て朝酒を飲んでいたようだ。

「あの人には参りましたよ」

「まあ、飲んで飲んで」

皆、ハイペースでビールやハイボールをあけている。

――二十四時間営業の店って、こういう使い方もされてるんだなあ。

彼らのテーブルにもつまみのような皿はあるが、どちらかと言うと酒ばかり飲んでいるようだ。

同じように深夜働いていたものとして、共感がわいた。

それに、二十四時間営業の店の朝というのは、どこかのんびりしていて、それがまた意外といいものだ、と思った。

「はい」

簡潔な言葉とともに、恵麻のテーブルにもビールが運ばれてきた。

「ありがとうございます」

ぐっとあけると、喉《のど》をほろ苦くて爽《さわ》やかな液体が通っていった。

それとともに、昨夜のことが思い出された。

「愛人て、こういう休みの時、本当にすることないのね」

「……楽でいいじゃないですか」

思わずそう言ってしまうと、真希は恵麻の顔をまじまじと見た。

やばい、これは亀山の言う、地雷を踏んでしまったことになるのかな、と思ってどきりとする。

しかし、真希は笑い出した。

「なるほどねえ、そういう考え方もあるか」

よかった、まだ、機嫌を損ねてはいないらしい。

「まあ、そうは言ってもこっちはそこまで嫌いな男の愛人をやるほど落ちぶれてもないからさ」

「なるほど。好きなんですね」

文字通り、愛する人の愛人をやってるわけか。それはそれで、切ないのかもしれない。いや、楽なのかな。嫌いな人の愛人をやるよりは楽だろう。

「いえ、それほどでも。別に彼に惚《ほ》れてるわけでもないのよ、そこまでは」

どっちなんだよ、と聞きたいところだが、やはり複雑な気持ちなのかもしれない。これが地雷なんだろうか。

嫌いな男の愛人をやるほど落ちぶれてはいないが、彼に惚れていると思われるのも嫌らしい。

「こういう話、誰にもできないからさ。友達にも、ましてや家族にも」

「確かに」

「高校や大学時代の友達には普通の会社員をやってるって言ってる。だから、皆、『ＯＬのお給料で恵比寿に住んでるの？』とか驚かれる。大学の友達には実家が税金対策に買ったマンションに住んでるって説明してるけど、高校の友達にはうちの実家が貧乏《びんぼう》って知られてるから、古いマンションで事故物件だから安いのって嘘《うそ》ついてる。面倒くさいよ」

真希の話は次々に飛んだ。

「彼、もう、奥さんには愛情ないのね、だけど娘と息子がいて、そのためにしかたなく一緒にいるんだって」

「子供たちは何歳なんですか」

「さあ……大学生ぐらいじゃない？」

ずいぶん大きな子だな、と思った。もう、子供のために一緒にいる年齢でもないだろうと思うが、他人の……それも依頼人の愛人の家庭のことに口出しする必要などない。

「ここのマンションの家賃を出してもらって、それ以外に三十万お手当にもらっている」

「すごいですね」

それくらいが相場なのか、多いのか、少ないのかもわからない。

それでも、彼は月五十万くらい、彼女に使っているのだろう。

「彼、一流企業の役員なんだけど、しょせんサラリーマンだからあんまり自由に使えるお金ないのね。そのくらいが精一杯って言われて……ああ、もっとお金持ちがいいよお。サラリーマンじゃなくて、実業家がいいのに」

家賃を払う必要がないうえに、三十万ももらっているのに真希はまだ足りないというのか。

「他に何か仕事はされてないんですか」

「ううん。まあ、前のお客さんとは時々会うけどね。ご飯食べさせてもらったりする人は何人かいる。それでいくらかお小遣いもらったり……中には、僕の愛人にならない？　とか言う人もいるよ」

「そういうの、掛け持ちとかできないんですか」

真希は赤ワインをぐびっと、喉が鳴るように飲んだ。

「コロナの前は店に出ていて、月に百万近く稼いだ時もあったんだよ。ほら、景気もよかったじゃん。インバウンドとか言われて。だけど、コロナになってすぐにゼロ。店が閉まって、本当にすぐゼロになっちゃった。そしたら、昔のお客さんから連絡が来て、援助してくれることになったの。それが今の彼。だけどさ、コロナの三年で、あたしもババアになったじゃん。あたしの若さ、返して欲しいよ。政府。あたしの最後に稼げる時間を奪ったんだよ。政府、そういうのもちゃんと補助して欲しい。それ、何千万にもなると思う」

本当に彼女の話は取り止めもない。ただ、酔っているからかもしれないけど。

「彼もさ、コロナ終わったんだから、そろそろ店に戻ったら、とか言ったりするの。そんなことある？　あたし、その間に若さ、失ったんだよ。それなのに、そんなこと言う？　政府に責任とってほしい」

責任は政府にあるのか、彼なのか。

しかし、ここで口を出すのは藪蛇《やぶへび》になりそうなので恵麻は黙って聞いていた。

「うすうす、気がついているのかもしれないなあ」

「何がですか」

「友達とか。あたしが愛人やってることに」

真希の話にはなかなかついていけない。

「はい、どうぞ」

また、シンプルな言葉で、テーブルにばん、と皿が置かれた。

ジャガイモ千切りのさっぱり味、ジャガイモのサラダだ。

え、と思わず声がもれた。

二百六十円という値段とは思えないほどの量だったからだ。直径十二、三センチくらいの中皿にドレッシングで和《あ》えた山盛りのジャガイモの千切りが載せられている。少しだけ混ざっているにんじんの千切りと上に載ったパクチーが鮮やかだ。

「いただきます」

頬張ると、しゃくしゃくとした、硬すぎず軟らかすぎないジャガイモの歯ごたえが嬉しい。千切りにしたジャガイモにさっと火を通しただけで食べる料理は、中華にはよくあって、いろいろな味付けがされているけれど、ここのジャガイモのサラダは酸味のある、ドレッシングタイプだ。恵麻はシンプルにごま油と塩で味付けされたものが好きだけど、この店のもおいしい。こうして食べるとジャガイモもヘルシーに感じられる。ビールをぐっと飲むと、酸味もジャガイモの旨味も爽やかに流されていった。

「ほいっ」

また、ごく簡単な言葉で北京ダックの春巻きがテーブルに置かれた。もう、なんか、このあっさりした接客が楽しくなってくる。

赤い皿にカットされた春巻きが六つ、これまたなかなかの量である。横に黄色いタレが入った小皿が添えられている。なめてみると、マスタードを酢で溶いたもののようだった。

そのまま一口で食べると、揚げたてでぱりぱりしておいしい。中身に甘味がある。目をこらして春巻きの中を見ると、北京ダックの細切りの他にネギや春雨《はるさめ》、竹の子などが入っているようだ。甘味は北京ダックのものだろうか。そのままでもおいしいが、酢マスタードをつけて食べると、ちょうどよくその甘味が緩和される。

もしかしたら、皮を切り取った北京ダックの「身」の部分を細切りにし、さらに甘く味付けして使っているのかもしれない。それで、この値段なのかも。その段でいくと、この店の「鴨料理」は皮から肉まで、この北京ダックを無駄なく使っているような気がした。でも、ぜんぜんかまわないと思う。今時、せっかくの肉を捨てるようなことは許されないし、値段も安いのだから。

酸っぱいジャガイモと甘い春巻きをビールとともに楽しんでいると、四川麻辣のスープに入った餃子が運ばれてきた。

ラーメンを入れるくらいの大きさの丼《どんぶり》に、たっぷりのスープと六個の餃子が入っている。もうそんなに驚かないが、これがワンコイン以下で食べられるのはなかなかお値打ちだ。手包みの餃子はぷるぷるしているし、スープは辛く、酸っぱく、これまたビールに合う。

気がつくと、もう一組の客のテーブルはまた人数が増えたようだ。

皆、わあわあと仲間に迎えられ、「お疲れ様」「まずはビールね」「こっちはハイボール」と楽しく注文している。

仕事終わりにああやって飲むということは、きっといい職場環境なのだろう。見た目はちょっとおたくっぽい服装をしたおじさんたちだけど、なんだか、うらやましくなった。恵比寿に職場があるくらいだから、もしかしたら、ああ見えて、世界の最先端を行っているＩＴ企業なのかもしれない。彼らは腕利きのエンジニアか、プログラマーなのかも。

いや、別にそんなエリートでなくても、ああいう、和気藹々《わきあいあい》とした職場で働いているだけで十分、人生の成功者だ。

少しだけ、集団で働いている「会社」というものが懐かしくなった。また、ああいう場所で働くことはあるんだろうか。

自分は会社を辞めたあと派遣で働いてきた。多少、パソコンの技術もあり、検定試験も受けていて、コロナ禍になるまで、そう職場で困ることはなかった。だけど、派遣されていく職場に安定や安らぎというものもなかった。

もう少し、仕事についてちゃんと考えた方がいいのかもしれない。

職場という意味では、今の「中野お助け本舗」もそうなのだけど。

三人しかいないけど、一応、あたし以外に他の人もいることだし。今度、あの二人と飲みに行こうか、誘ったらどんな顔をするだろう、と考える。

いやいや、と一人で首を振った。

もしも、三人で食事に行ったとしたら、そのお勘定《かんじょう》は誰が払うのだろう。普通に考えたら亀山が払ってくれそうだけど、もしかして誘った恵麻にその義務があるのだろうか。少なくとも、割り勘くらいはしなくてはならないのだろうか。店の予約は誰がするんだろうか。やっぱり、自分か。そんなことを考えると、めちゃくちゃ面倒くさい。

派遣先では同僚たちと飲みに行くようなことはほとんどなかった。忘年会と暑気払《しょき》いだけは各部署で行われていたけど、自由参加だった。どこからか紙が回ってきて、「出席」か「欠席」に○をつけた。会費も明記されていた。たぶん、一度か二度は行ったことがある。

やっぱり、誘うのはやめよう。世代の違う人の考えていることはわからない。

これまで、コロナのこともあって、集まってじっくり話すことはなかった。話は電話か、シェアハウスのダイニングルームで手早く済まされた。

「中野お助け本舗」はその名の通り、中野に事務所があるらしい。そこにさえ行ったことがない。

一度は行ってみたいような気がする。

やっぱり、誘ってみようかな……。

しばらく考えて、まあ、いったん、保留にしておこう、と思う。

朝一の胃袋も、酸味、甘味、辛味に刺激され、さらに活発に動き始めたようだ。

ずいぶん、たくさん食べたけど、もう少し食べられそうな気がしてきた。

メニューを引き寄せて、「飯」「麺」のページをじっくりと確かめる。

チャーハンは、玉子炒飯《チャーハン》、キムチ炒飯、鶏肉の炒飯など定番の他に、燻製《くんせい》シャケ・レタス炒飯や芽菜《ヤーサイ》と唐辛子、豚肉の辣《ラー》炒飯など、なかなかの個性派もそろい、そして、ここにも名物北京ダック炒飯がある。

いずれも千円近い値段のものが多いところを見ると、この店なら結構な量がありそうだ。

麺類はいきなり最初に「アーミー焼きそば」というまったく味が想像できないものから始まっており、難易度が高そうだ。もちろん、こちらも量があるように思えた。

——うーん。さすがに食べきれないか。諦めるかなあ。

考えながら次のページをめくると、スープ類の横にお粥《かゆ》と書かれた場所があった。

あ、お粥ならお腹に入りそうと嬉しくなる。値段も手頃だ。

ちょうど、男性たちのテーブルにビールを運んできた男性店員を呼び止めた。

「すみません、鶏肉ピータン粥、お願いします」

彼は黙ってうなずいた。

今日、見守りに行った依頼人、彼女は彼女なりに、幸せなのかもしれない。

彼女は一通り、話すだけ話すと（相変わらず、取り留めもなく）、ことんと自分の寝室で寝てしまった。

そのあとは、ダイニングのソファで時間を潰して、朝になったので、部屋を出てきた。

話の最後の方で「このコロナの三年で、熟女系のキャバクラしか雇ってくれなくなったし、彼に飽きられたら、もっとおじいさんと付き合わなくてはならないかもしれない」と嘆いていた。

コロナの三年間は本当にいろいろなものを人から奪っていたのだ、ということはわかった。

きっと、恵麻にも思いもよらない「奪われたもの」がたくさんあるのだろう。そして、それは今後、数年の間にじわじわと皆の前に炙《あぶ》り出されてくるのかもしれない。

「お待ちどお」

鶏肉とピータンのお粥がテーブルに載った。

これまた、大きなラーメン丼にたっぷりの中華粥、それに鶏肉とピータンがごろごろと入っている。

一緒についてきたレンゲでピータンと粥をすくい、口に入れた。中華粥は出汁《だし》が利いているものが多いが、ここのはあっさりしている分、米そのものの旨味が感じられた。口の中でピータンを噛《か》むと、その癖のある味が粥で薄まり、むしろ強い甘味となって迫ってきた。

「おいしい」

その味をビールで流し込むと気持ちが少し和らいだ。

真希の喪失感《そうしつ》を思った。この仕事は、人の悲しみやつらさをほんの少し、持ち帰ってきてしまう。

彼女はこれからどうやって生きていくのだろう。

こうして考えるのも、仕事の一部なんだろうか。亀山や祥子は最初に、そんなことは言っていなかったけど。

ただ今は、この味を静かに楽しみたいと思った。

第七酒

赤坂　ソルロンタン

その日の朝食は前から決めていた。

先月、二十四時間営業の中華料理店に行って楽しかったので、別の二十四時間営業の店も探してみようと考えたのだ。そして、赤坂《あかさか》に韓国料理店がたくさんあることを知った。

――きっと、二十四時間、眠らない町だからこそ、多くの店があるんだろうなあ。

仕事終わりに赤坂の駅に着き、お目当ての店を目指した。駅から五分ほどの雑居《ざっきょ》ビルの一階だった。

スマホの地図を見ながら歩いていたのに、つい通り過ぎてしまった。目立たないからじゃない。同じような店が軒並み、写真入りの派手で大きな看板を出しているので、逆にわかりにくくなってしまっていたのだ。それらの看板をよけるようにして、店に入った。

想像していた場所とはちょっと違っていた。

この間行った二十四時間営業の中華料理店はとても広くて開放的だった。あれだけの大きさがあり、客が入るから二十四時間やっていけるのだろう、と考えていたのだが、この店はそう広くない。雑居ビルの一階の一角にあって窓もなく、薄暗い。店の半分が小上がりになっており、そこには三つの座卓が並んでいた。テーブル席は三つあった。二つは四人掛け、一つが壁に向かって置いてあり、店内に背を向けるように二つの椅子《いす》が並んでいる。

「いらっしゃい」

恵麻が入っていくと、その二人掛けの席を勧められた。

テーブルの上に小さなスタンドタイプのメニュー表があり、大きく雪濃湯《ソルロンタン》と書かれていた。さらに牛頬肉《ぎゅうほほにく》スタミナスープ（各種おつまみと、キムチ、カクテキ、ライス付き）と説明文が下にあった。

他に、少し小さめの字で、スユック（特撰和牛の蒸し頬肉）、チヂミ（海の幸《さち》と五種類の野菜入り）、チャプチェ（春雨《はるさめ》、牛肉、五種類の野菜炒め）と続く。メニューはこれだけらしい。

ソルロンタンはこの店の名物料理のようだし、朝食にちょうど良さそうだ。

メニュー表を裏返すと、飲み物のメニューが並んでいる。

生ビール、瓶ビール、ウーロンハイ、コーンハイ、レモンサワー、梅酒サワーなどの一般的なアルコールメニューの他に、鏡月《きょうげつ》、日本眞露《じんろ》、チャミスルなどの韓国のお酒とノンアルコールドリンクがある。

恵麻はソルロンタンに合わせて、マッコリを飲みたいと思っていた。ソフトな口当たりが朝食にぴったり合うだろうと想像していた。でもメニューにあるマッコリは、小でも千五百円と少し高い。この金額からすると量が多いのかもしれない。

「すみません」

店員は入口のところに座っている年輩の女性が一人と、店の奥にいる、それぞれ五十代くらいの男女だけだった。奥の女性が出てきてくれる。

「ソルロンタンと生ビールください」

「はい」

注文してしまうと、少し、手持ち無沙汰になる。目の前の壁にここの店が取材された時の新聞記事の切り抜きが貼ってあった。近所の韓国系企業に勤めている人のインタビューが載っていて、朝や昼はソルロンタンを食べ、夜はスユックで酒を飲む、と書いてある。

読みながら、自分の選択は間違いではなかった、と思う。

すぐに生ビールが運ばれてきた。サントリーのロゴが入ったガラスのビールジョッキになみなみと注《そそ》がれたビールを持ち上げてグッと飲んだ。

冷たいビールが喉《のど》を通っていく。

今日みたいな少し蒸し暑い朝には、マッコリよりこれがちょうどよかったのかもしれない。

はあ、とため息が出た。

ビールの後を追うように、女性店員が皿を目の前に並べだした。

キムチ、韓国海苔《のり》、カクテキ、豆もやしのナムルなどはすぐ何かわかるが、それ以外の小皿はわからない。合計十一の皿が並んだ。

——これはもう、一つ一つ、試食していくしかないな。

端から口に入れてみる。

最初の小皿はさつま揚げとニンニクの芽を甘辛く煮たもので、ビールに合う。次の皿は黒い豆のようなものが載っているが……。つまんで口に入れると、思った通り、甘く煮た黒豆だった。おせち料理以外で食べることはほとんどないから新鮮だった。その次は一見、大根のキムチに見えるけど、カクテキとは少し形が違う。小ぶりで半月形に切ってある。箸《はし》でつまんで口に運んだ。かりかりとした硬めの歯ごたえだ。

——あ、これ、なんて言ったらいいんだろう……あれか、たくあんのキムチ？

日本のたくあんに辛いタレがまぶしてあるようだ。甘味と辛味がよく合っておいしい。日本でももっと食べられてもおかしくない。韓国ではポピュラーな食べ方なんだろうか。

——たくあんにキムチの素《もと》を混ぜたらこんな食べ物になるのかなあ。今度、自分でもやってみよう。おかずにもおつまみにもなりそう。

次はゼンマイの煮物だった。これはごく普通の味だった。その皿の隣に黄色くて平べったいものがある。口に入れてみたら、甘い玉子焼きをごく薄く切ったものだった。切り方が違うだけで身近な料理でもわからなくなるものだなあ、と思う。さらに、おせち料理の小魚《こざかな》、ごまめに唐辛子を混ぜたもの、普通の白菜の漬け物などがあった。

白菜キムチとカクテキは、どちらも酸味が効いた本格的な味だった。特に白菜のキムチは、恵麻が時々スーパーなどで買うのとは違って、甘味はほとんどなく酸味が強いが、恵麻はこちらの方がずっと好きだと思った。

それらをつまみにしてビールを飲んでいると、大きな丼《どんぶり》になみなみと注《つ》がれた白いスープとステンレス製の蓋《ふた》付きの容器が運ばれてきた。銀色の蓋を持ち上げると、中には白飯が詰まっていた。

先端の部分が紙で覆《おお》われた平たい韓国スプーンの紙カバーを外して、スープをすすった。これがメインデッシュのソルロンタンだろう。刻んだ長ネギがたくさん浮いていて、丼の底には牛頬肉が数切れと麵が沈んでいる。

「ああ」

思わず、声が出てしまう。

「ああ、いい」

身体に白いスープがしみ込んでいくようだ。滋養《じよう》がたっぷり詰まっていた。塩味はほとんどない。とにかく優しい。

スプーンを箸に持ち替えて麵をすすり込んだ。もちもちした、太めの春雨のようだった。とはいえ、その量は少なく、麵料理というより、スープの具の一部のようだ。

いったんスープを離れ、ご飯の容器を持ち上げて、キムチとともに一口頰張《ほおば》った。

韓国では容器を持ち上げない、ご飯茶碗でさえもテーブルの上に置いたまま食べる、と聞いたことがあるのを思い出した。持ち上げると、とても行儀悪く見える、と。慌ててそれを置く。

——まあ、ここは赤坂だし、そんなに厳しいことは言われないんだろうけど。

キムチの酸味が白いご飯に合っておいしい。そこにスプーンでスープを流し込む。酸味がマイルドになって、さらさらと胃の中に流れていく。やはり、これだけしっかりと発酵《はっこう》したキムチの方が、旨味が強いこのスープには合うのかもしれない。

ふと見ると、テーブルの端の方に塩が置いてある。普通の飲食店にあるような、逆さに振って塩を出すタイプの容器ではなく、家庭のキッチンに置いてあるような、蓋付きの塩入れだ。中にスプーンが入っている。

――これだけ大量の塩があるということは、しっかりスープに投入して、自分で味付けしていいということではないだろうか。

その容器を引き寄せて、おそるおそる、スプーンの半分くらいの塩を入れてみる。よくかき混ぜて口にしても、まだほとんど塩味がついていない。もう、半分入れてみる。やっと、ほんのり塩味がしてくる。

ご飯をスプーンですくって、そのわずかに塩味の効いたスープに入れた。優しい味わいのおじやになった。これまたおいしい。

牛の頬肉は、一度よく煮た塊《かたまり》を薄くそいであるようだ。柔らかく煮えているけど、歯ごたえもある。これもビールに合う。キムチと重ねて一緒に食べてもいい。

スユックという料理はこれに近いのかもしれない、と考えた。夜もまた来てみたい。そんなことを思っているうちに、女性二人が入ってきて、やはり同じようにソルロンタンを注文している。人気メニューらしい。

ご飯を韓国海苔やキムチで巻いたりしながら食べたあと、思い切って残りのご飯をソルロンタンの丼にすべて投入してみた。そのスープに浸ったご飯をキムチと一緒に食べる。白いスープが徐々にピンクに染まっていく。

――やっぱり、おいしいなあ。出汁は効いてるけど、淡泊《たんぱく》なスープだから、ご飯にもどんなおかずにも合うんだよなあ。

ご飯入りのスープを飲み、おかずを食べながらビールを飲んでいたその時だった。

「恵麻だよね？」

ぐっとビールを口にふくんだところに後ろから声をかけられた。振り返ると、若い男が後ろに立っていた。思わず、ビールを噴き出した。大きく咳《せ》き込む。

下を向いて咳《せき》をしていると、慌てて店員がふきんを持って駆けつけてくれた。ありがとう、と言おうとすると、彼が店員を押しとどめ、ふきんを取った。

「大丈夫です。おれがやりますから」

ちょっと、あんた、勝手なことしないでよ、と言いたいところなのだが、うまく言えない。

店員が恵麻を見て、首をかしげる。この男に渡していいか、と言うように。しかたなく、うなずいた。

店員から受け取ったふきんでテーブルを拭き、彼は自分のハンカチをこちらに渡してくれた。恵麻はそれで口元を拭いた。久しぶりの彼の匂いが鼻をかすめた。

「大丈夫？」

言葉がうまく出てこない。

「どこに……」

座っていたのか、と聞きたかった。

「あそこ」

彼は小上がりの奥の方を顎《あご》で指し示した。ついたてに遮《さえぎ》られていて見えなかったようだ。

「大丈夫？」

もう一度、同じことを聞かれる。

「……たぶん、大丈夫。どうしてここに？　こんな朝早く……」

「ん？　地方から来てくれたお客さんと一晩中飲んで、その人たちをホテルに送って、一人で朝ご飯食べてたところ。恵麻は？」

「……仕事のあとで」

狭い店にお互いの声が響いている気がして、恥ずかしかった。無駄だとわかりながらも、声をひそめた。

彼は恵麻が同棲《どうせい》して婚約までしていた男……そして、性格の不一致を理由に振られた相手、タケルだった。


「今もまだ、前の会社にいるの？」

結局、韓国料理屋の近くのカフェでタケルと話すことになった。

しかたない、あのまま話していたら目立つし、お店に迷惑《めいわく》がかかるし……とずっと心の中で言い訳している。

「……前の会社って？」

下を向いたまま、アイスコーヒーを飲みながらぼそぼそと答えた。

「前、恵麻がいた会社だよ。ほら、恵麻が有休取っただけで係長が嫌み言ってくるってずっと愚痴《ぐち》ってたじゃん」

自分の昔のことを憶えてくれている人がいる……今、付き合いがある人たちは昔の自分をほとんど知らない。それは気楽だったけど、こうして言われるといやな気はしなかった。

「タケ……いや、あなたはどう、最近は」

「コロナが収まってきた頃から、急に仕事が忙しくなって」

彼はアイスコーヒーをストローでずるずる音を立てて飲む。ここに来るなり、Lサイズのコーヒーを買って一気飲みし、そのあと、もう一度、同じものを買いにいった。今飲んでいるのは二杯目だ。もしかしたら、まだ酒が残っているのか、二日酔いなのかもしれない。

「今日、会社は……?」

「いや、さっき、電話したら、今日は午後からでも、なんなら休んでもいいって言われたから。朝まで付き合わされたのは、上司も知ってるから」

「そうなんだ」

「結構、大切なお客さんだったんだけど、ご機嫌で帰ったから、上司にも褒《ほ》められたよ」

タケル……親がその名前を付ける時、漢字を「武」にするか「健」にするかで揉めた。話し合いの末、「健」に決まったのだが、言い負かされた母親が腹を立てて、役所の届け出をカタカナの「タケル」で出してしまった、と聞いた。

両親はその頃から仲が悪かったのか、彼が小学校に入る頃には離婚し、タケルは母に引き取られた。けれど、その気の強い母親が韓国やタイ、ベトナム、マレーシアから靴やバッグを仕入れて売る、ネット販売の店を立ち上げて成功させたことで、ずっと何不自由なく暮らしていた、らしい。

二人で暮らしていた高円寺の部屋はタケルの会社からの補助も出ていたが、彼の母親が保証人になってくれたことですんなり借りられたと聞いていた。不動産の書類にはタケルの収入証明書だけでなく、母親の昨年の課税証明書まで付けた。そこには一千万以上の金額が書かれていて、一緒に店に行った恵麻は何か見てはいけないものを見てしまった気がした。

「本当はもっと収入あるんだよ」と彼は不動産屋の窓口で、店員が席を外した時に言った。「だけど、税金対策で、そのくらいの収入に自分で決めてるんだって。ほら母ちゃん、社長だから」

そんなことを人前で話していいのか、恵麻の方があたりを見回した。

母親の手厚い庇護《ひご》の下で育ったからだろうか、タケルは少し幼い。瘦《や》せている、というより線が細く、私服でいるといつも大学生に間違えられた。その繊細《せんさい》さ、軽く見えるけど優しいところが以前は好きだった。

しかし今朝《けさ》は、スーツを着ていたし、客を接待していたという話を聞いた後だからだろうか、別れた頃より大人に見えた。いや、あれから一年以上経っているせいかもしれない。

「恵麻はどうしてるの？　今の仕事は？　さっき、仕事のあとだって言ってたよね」

そう尋ねてから、「あ」と目を見張った。

「もしかして、夜のお仕事……？」

「違うよ」

思わず、背中を叩いてしまった。

「なわけないでしょ。こんな格好で」

Tシャツにチノパンをはいて、小さなショルダーバッグを斜めがけにしていた。

「でも、仕事の後、私服に着替えたのかもしれないじゃん」

いってえな、と言いながら彼は少し嬉しそうだった。

「着替えたって、髪や化粧でわかるでしょ」

それに、いくらなんでもこんな小さくて安っぽいバッグを持ったホステスはいないだろう。

「まあ、そうだけど、赤坂だから」

「……今は見守り屋をしてるの」

話さないつもりだったのに、叩いたことで気持ちがほぐれたのか、つい口が滑ってしまった。

「見守り屋……？」

「夜、人を見守るの」

簡単に「中野お助《たす》け本舗《ほんぽ》」の説明をした。

「ふーん。そんな商売があるんだなあ」

「まあ、まだ見習いみたいなものだけど」

「どこに住んでるの？」

「目黒のシェアハウス」

「そうか……今朝《けさ》もその見守った人の家から来たのか？」

「そう……」


今日行ったのは、赤坂の元芸者さんの家だった。赤坂駅から歩いて十分ほどのところにあるマンションの一室で、少し古いけど広い部屋だった。指定された夜八時頃に行くと、五十代の女性、江原瑠璃子《えはらるりこ》が迎えてくれた。

「ご苦労様」

「よろしくお願いします」

出勤前の彼女はすでに着物を着て、髪を大きく結って待っていた。

ファミリー用と思われるマンションで、廊下もトイレも広々としていた。ただ、天井が少し低かった。それもまた、どこか、由緒《ゆいしょ》あるマンションに見えた。

「広いおうちですね」

お世辞《せじ》ではなく、本心から褒め言葉がもれた。

「……母がどうしても最期《さいご》まで赤坂にいたい、赤坂で死にたいって言い張ったので、買った家なの。広いばっかりで古くてねえ」

「そうなんですか」

ダイニングルームに行くと、木綿《もめん》のワンピースを着たおばあさんがソファに座っていた。

「母の波子《なみこ》です」

「……その髪型に赤の口紅《くちべに》は合ってないいんじゃないの？　下唇《くちびる》も紅が少しはみ出してる」

恵麻が自己紹介する前に、波子は娘に向かってずけずけと言った。

「あら、そう？」

瑠璃子は素直に、ソファの上に置いてあったバッグからコンパクトを出して、鏡をのぞき込んだ。

「臙脂《えんじ》になさい」

「でも、これ、椿屋《つばきや》さんに結ってもらったんですよ。口紅も椿屋さんで勧められたの。そんなにおかしいかしら」

髪のあたりを手で触りながら尋ねるが、波子は自分が言ったことをもう憶えていないのかそれには答えず、「帯留めの位置が低いわね」と言った。

すると、瑠璃子は恵麻に、ちょっと待っててね、と言って、部屋を出て行った。洗面所で直すらしい。

「この人は誰なの？」

波子が恵麻の方を見ずに大声で言った。

「……亀山先生の事務所の方なんですよ」

すると、波子はやっと焦点が合った目で、恵麻をじっと見た。

「あなた、亀山先生のところの人？」

「あ、はい。亀山社長のところで働いています」

ここに来る前から、「いろいろ説明するのは面倒だから、亀山先生のところの人だと言ってくれ」と瑠璃子から念を押されていた。

瑠璃子は洗面所から戻って、帯のあたりを触りながら「これでどう？　お母さん」と言った。

「それより、瑠璃子。この人、亀山先生のところの人だって」

「そうよ。今夜はあたし、店に出なきゃいけないし、廣乃《ひろの》もお座敷があるでしょ？　だから、この方に来ていただいたの」

瑠璃子がこちらを見たので、恵麻は「水沢恵麻と申します」とやっと自己紹介した。

波子は立ち上がって、きれいなお辞儀をした。

「江原波子です」

「あら、お母さん、今夜はずいぶん礼儀正しいわね」

瑠璃子は嬉しそうに笑った。

「亀山先生のところの人が来るなら、そう言ってよ。こんな格好で、恥ずかしい」

波子は自分のワンピースを見下ろす。

「大丈夫、このお嬢さんは、亀山先生の家の人じゃなくて、そこで働いている人なのよ。お母さんのことはちゃんと話してある」

「話してあるって、何を言われたのかわかったもんじゃない」

ねえ、と彼女は恵麻に同意を求める。恵麻は首をかしげて、笑ってごまかした。

「どうして、亀山先生のところの人が来たの、言ってくれたらよかったのに」

まだ、ぶつぶつ言っている。

江原家は、波子、瑠璃子、その娘の廣乃、と三代続く芸者一家なのだという。皆、一度は結婚しているけれど、今は全員離婚している。波子は芸者をやめてから赤坂で会員制のバーを始め、今は瑠璃子が引き継いで経営している。廣乃だけがまだ現役の芸者だが、ここは別のマンションに住んでいて、母の店に出ることもあるという。

「亀山先生には本当に、昔からお世話になっているんですよ」

瑠璃子の方を見ると、笑顔でうなずいた。適当に調子を合わせてほしいということだろうと思った。

「こちらこそ、お世話になっております」

「亀山先生はお元気ですか?」

「あ、はい」と、思いますと心の中でつぶやく。

「先生には本当に、いろいろよくしていただいたんですよ」

おほほほほ、と彼女は口をすぼめて笑った。

「やっぱり、お母さんは亀山先生のお名前を聞くと元気になるわね」

「だって、とってもよくしていただいたもの……毎年の踊りの会には必ず来ていただいたし、今の時期は暑気《しょき》払いに屋形船《やかたぶね》を仕立ててね……先生が事務所の方と、大切な後援会の方と、芸者衆を呼んでくださって、本当に楽しかったんだから」

波子はうっとりと胸のあたりで手を組む。

「……じゃあ、お母さん、あたしは行ってきますよ。何かあったら電話してくださいね。この水野さんにも話してありますから、困ったことがあったら、なんでも相談してね」

「あらそうなの。行ってらっしゃい」

瑠璃子が部屋を出て行きつつ、こちらに目配せをするので慌ててその後を追う。

「よかった、今夜はお母さん、ご機嫌だわ」

彼女は笑った。

「本当に、急にごめんなさいね。最近はあたしが店に出ることもあんまりないし、いつもはオープンの時だけ顔を出して、夜は戻ってこられるんだけど、今日は大切なお客さんが来て、あたしも娘も明け方近くまでかかるかもしれないの」

「わかってます。亀山から聞いています」

「事前にわかってればショートステイをお願いできたんだけど……今日は急だったから。でも、コロナが落ち着いて、やっとお客様が来てくれるようになったから」

お客を逃《のが》したくないのだろう。

「よかったわあ、亀山の坊ちゃんに赤坂でばったり会って、見守り屋なんて商売をしてます、ってお聞きしてて助かりました。普段、訪問介護の人に来てもらったりすると、ちょっと不機嫌になることがあって……自分はまだ介護されるような人間じゃないって言うの。実際、そこまでボケてるわけじゃないけど、一人にするのはちょっと不安で。それにわがままな人ですから誰にでも預けられるわけではなくて」

「いえ、そんな」

「それで、ぴん、と来たんです。亀山事務所の人が来たと言えば、母もきっとそう機嫌悪くはならないんじゃないか、って。ほんと、思った通りだった」

瑠璃子は笑った。本当にきれいな人だ、と思った。実家の母と同じくらいの年頃なのに、三十代後半にしか見えない。

「助かります。それではよろしくお願いします。早ければ二時頃には戻りますから」

瑠璃子は軽くお辞儀をして出て行った。

ぱたん、とドアが閉まった後、波子のところに戻りながら、あんなに文句を言われながら、瑠璃子が化粧や着物についての、波子の注意を素直に聞いていた姿はどこか微笑《ほほえ》ましかったな、と思い出した。

ずっと仲がいい、一緒に生きてきた母娘《おやこ》なのだろう。

「なんだよ、思い出し笑いして」

瑠璃子の家のあれこれを振り返っていたら、自然と笑顔になっていたらしい。

「なんか、おもしろいことでもあったの」

「ううん、それは秘密」

「どうして」

「個人情報だもの」

守秘義務があるわけではないし、亀山からもそこまで厳しく言われているわけではないが、元衆議院議員の重鎮《じゅうちん》と、赤坂芸者の話を簡単に聞かせるわけにはいかない。

それにちょっと楽しい夜だった。

波子とテレビを観ていたら、彼女はすぐにソファで眠ってしまい、仕事は簡単だった。夜中の二時頃には瑠璃子と廣乃が戻ってきた。廣乃は「お祖母ちゃんの顔を見てから帰るわ」と家に寄ったのだ。

廣乃は日本髪を結って、顔を白く塗り、裾《すそ》を引きずる黒紋付きの着物を着ていた。そんな本格的な芸者姿を間近で見たことはなかったので、思わず、「わあ。すごい。きれい」と声が出てしまった。

気を良くした廣乃はそこで少しだけ、お引きずりの着物の裾捌《さば》きを見せてくれた。目を覚ました波子は、それにも「腰の位置が高い、なってない」と口やかましく注意していた。

最後には芸者姿の廣乃と写真まで撮ってもらった。

もう帰ってもいいけど、このまま泊まっていきなさいと言われ、ソファに寝かせてもらった。瑠璃子は、波子が問題なく恵麻と過ごしたことを喜んでくれ、また呼ぶと約束してくれた。

「ふーん、そうか……」

タケルはちらちらと恵麻の顔を見た。

「なあに？　なんなの？」

「いや、まあ、恵麻はどうしてるかなって時々、心配してたけど、元気そうでよかった」

その言葉で、恵麻ははっとした。

心配してた？　何を言ってるんだろう。価値観が違うだとか、なんだとか禅問答《ぜんもんどう》のような言い訳をして、彼の方が同棲や結婚から逃げ出したんじゃないか。

「うん、元気だよ」

恵麻は彼の顔を見返した。

「結構、楽しくやってる」

そして、へらへら笑っていたタケルが真顔になるくらい、その顔を見つめた。

「あなたに心配なんてされるいわれはない」

「……わかったよ。ごめん」

恵麻は立ち上がった。そして、一度も振り返らずに、カフェから出て行った。

第八酒

渋谷　焼きそば

「……ごめんなさい。もう、あなたと話したくないです。朝になったら出て行ってもらえますか？」

彼女は静かにそう言うと、部屋の片隅にあった自分のバッグを取り上げ、二つ折りの財布を出した。ぱちんとボタンを外して、たぶん、すでに用意していたと思《おぼ》しき、お金に指をかけた。五千円札、千円札、千円札……一枚、二枚と数えるようにしてテーブルの上に置いていく。

柔らかく巻いたお札がゆらりと並ぶのを、恵麻は黙って見ていた。場のシリアスさに比べて、丸まったお札はどこかのんびりして見えた。

だけど、ゆっくりした手つきは、その金額が彼女にとって決して安くないことを伝えていた。よく見ると、細かく震えていた。もしかしたら、怒りのためかもしれない。

いずれにしろ、今時、一晩九千円という金額をなんの痛みもなく、簡単に出せる人間はそういないだろう。東京に住んでいる、普通の会社員で。

「……受け取れません。すみません」

絞り出すように言った。

「ううん。持って行って。一応、来てもらったんだから」

手つきや表情とは裏腹に、彼女の口調は冷たく、きっぱりとしていて、誇り高かった。

「ごめんなさい。じゃあ、五千円で」

恵麻が五千円札だけ受け取ると、彼女は、一、二、三と数えるくらいの間迷って、ひとつうなずき、「そこまで言うなら」と小声でつぶやいて、四枚の千円札を財布の中に戻した。出すのと比べて、それは矢のように速かった。

「じゃあ、私は寝室で寝ますから、朝になったら黙って出て行ってください。鍵は新聞入れのところに入れておいて」

バッグから鍵を出しテーブルの上に置くと、彼女は寝室に入った。カチッという、鍵をかける音がはっきりと聞こえた。


約束通り、翌朝六時過ぎに依頼人の家を出て、七時には渋谷駅に着いていた。

そのまま帰って寝ようと思ったけど、頭が冴えているし、空腹で眠れそうにない。

——蕎麦《そば》でも食べて帰ろうか。

でも、今の気持ちは、蕎麦ではどこか物たりない気がした。

ふっと数週間前に観た、テレビの一場面がよみがえった。

——芸人さんがよく行くっていう中華料理屋さんが渋谷にあったな……。毎日のように食べに行く人もいるとか。

テレビ画面に目を向けながら、スマホを引き寄せて、グルメレビューサイトのアプリを開き、なんとなくメモっておいたっけ。店名で検索したら二軒が引っかかり、その中の一つが早朝から開いていることを記憶していた。

——あそこ、もう開いているんじゃないだろうか。確か、モーニングメニューもあったような。

確認すると思った通りだった。すぐに駅を出ると、駅前のその店に向かった。

二十四時間眠らない街、渋谷でも、さすがに朝は閉まっている店が多い。不安になりながら恵麻が店に近づくと、その店の前にゴミ収集車が止まっていて、大きな音を立てながら、ぷんと鼻をつく臭《にお》いを上げていた。一瞬、驚いて怯《ひる》んだが、けたたましいエンジン音を残して、車が去っていくと「営業中」という札が下がっているのが見えた。店のガラス戸には隙間なく、びっしりと写真入りのメニューが貼ってある。

——どれにしようかな。

目立つのはやはり「朝定食　七時~十一時」という看板だ。

ラーメン（餃子付）定食、野菜炒め（玉子付）定食、餃子《ギョーザ》（玉子付）定食、マーボー豆腐《どうふ》定食……これらがすべて五百五十円。とん汁（玉子付）定食、ハムエッグ定食、中華ぞうすい定食……などが五百円。そして、納豆（玉子付）定食四百五十円、他に野菜炒め、マーボー豆腐、ハムエッグ、とん汁など一品料理が三百二十円だ。

——どれも惹《ひ》かれるなあ……。でも、テレビで芸人さんたちが好きだと言っていた、豚シャブチャーハンとか、ルース焼きそばとかも食べてみたい。ルースというのはいったいなんだろう。どんな味付けなんだろう。

とにかく入ってみよう、とドアを開けた。

店内には厨房を取り囲むようにずらりとカウンター席が並んでいる。それ以外に、四人掛けの席が四つ。

「いらっしゃいませ。カウンターに」

レジの前にいた若い女性店員が角の席を指す。客は男性ばかり、数人が座り、うつむいて麺《めん》やチャーハンを食べていた。

席について、もう一度、メニューをじっくりと見る。

朝定食とビールなら、千円ちょっとですむ。ラーメンと餃子や、マーボー豆腐も捨てがたい。今回の仕事で、本来ならもらえるはずの給料が減ってしまったことを考えると、朝定食にするのが適当だろう。だけど。

──食べたいんだよなあ。こういう時こそ、好きなものが食べたいのよ。

しかし、お金が……。

「なにに、しますかー」

急に癖の強いイントネーションで女性店員に尋ねられて、とっさに「ルース焼きそばと生ビールください」と答えてしまった。

「はい」

注文してからも、隣の男性がマーボー豆腐の定食を食べているのを見ると、じわじわと後悔が湧き上がる。

——今の自分に、ルース焼きそばは贅沢品《ぜいたくひん》だったんじゃないか。朝定食にしたら三百円は安く食べられたのに……そして、朝定食だって、十分おいしそうなのに。

「はあああ」

深いため息をついたところで、とん、とカウンターに生ビールが置かれた。

その黄金色の液体と、細かい白い泡、一目でキンキンに冷やされていたとわかるジョッキを見たら、なんだか、すっと気持ちが晴れた。持ち重りするジョッキを持ち上げ、ぐっと呑む。

「ああ、おいしい」

まだ七時すぎなのにすでに蒸し暑い。額《ひたい》が汗で濡れている。それを手の甲で軽くぬぐって、またジョッキを傾《かたむ》ける。喉《のど》に苦い液体が流れ込んで、ちょっと痛む。でも、嫌じゃない痛みだ。

「はい。ルース焼きそばできました」

誰も、ここまで平坦に発音できないだろうと思うくらい、抑揚《よくよう》のない声とともに皿が置かれた。

「ありがとう」

手に取った割り箸《ばし》を割る。

大皿にとろみのあるあんがたっぷりかかった焼きそばがのっている。あんには、豚肉、ピーマン、竹の子の細切りが入っていた。シンプルなあんかけ焼きそばだった。意外だったのは、量がそう多くないことだ。こういう町中華はどこも食べきれないほど量が多いのかと思っていた。

——ちょっと足りないかな？　いや、どうだろう。

麺とあんを絡ませて食べる。麺は軽く焼いてあって香ばしい。あんは醬油《しょうゆ》とオイスターソースの味がする。麺のかりかりとしたところと、とろりとしたあんがよく合う。

——いい意味で予想外なところがないから、安心して食べられる。八宝菜《はっぽうさい》のように具の種類が多いと、肉やエビ、うずらの玉子だけ先に食べてしまって野菜だけが残ったりするけど、これはずっとおいしいまま、食べ続けられる味だ。

ビールをさらに流し込んだ。ごま油やオイスターソースで重たくなった口の中を爽《さわ》やかに流してくれる。

——本当にちょうどいい味だ。この店に毎日のように食べに来る人がいることがよくわかる。

同じようにカウンターに座っている男性客たちはささっと朝定食を食べて、どんどん帰って行った。これが客の多い昼の時間なら、恵麻も焦っただろうが、さすがに朝七時台なら問題はない。店の中にはどこかのどかな空気が漂っている。

五、六人の男女がぞろっと入ってきた。

皆、二十代に見える。まるで制服のように、全員黒いTシャツと黒のパンツ姿だった。ただ、それぞれ柄や形が違うので、制服でないことはわかる。どうも、何か制作系の仕事をしているようだ。汚れないようにそういう服装なのかもしれない。

朝まで作業をしていたのだろうか。一番年嵩《としかさ》の男性が率先して注文をまとめている。彼がリーダーなのかもしれない。

聞くともなしに話を聞いていると、「餃子を五枚」「チャーハン三つ」「野菜炒め一つ」などと注文が決まりかけた頃、「あ、自分、ラーメン定食いいですか」「私は肉チャーハン」などと個別の注文をしている人もいた。

それでも、仕事がまだ残っているのか、アルコール類は誰も頼まない。

——仕事終わりなのか、始まりなのか。こうして、朝ご飯を食べに来る人たちは結構、いるんだなあ。一晩中働いて、まだこれからも働かなくてはいけないのだったら大変だ。

そう考えていたら、昨晩の仕事の依頼人を思い出した。

悪い始まり方ではなかったんだけどなあ……ため息をついたら、一緒にビールと油臭《くさ》いゲップが出た。

最近、気分が落ち込みやすいので、夜一緒にいて話し相手になってくれないか、という依頼が入ったのは一昨日のことだった。

「……三十過ぎの女性で、ここ数年はコロナのこともあって、会社は週に一、二回行けばいいだけのほぼ完全なリモートワークだったのに、この五月くらいから毎日出社するようになったんだって。それで、どうも具合がよくない、と。えーと」

亀山はいったん、話を止めてから言った。

「福山《ふくやま》さゆみ、三十一歳。溝の口《みぞのくち》在住」

　メモを読んでいるらしい。

「具合って、体の具合ですか？」

「落ち込むと言ってたから、心の方もなんだろう。コロナの間は家に閉じこもっていて、飲みに行ったりできなくてつらい、と思っていたけど、出勤し始めたら、実は家にいた時の方が楽だった、今の会社は自分に合ってないって気がついたと言っていたよ。この頃、そういう人多いみたい」

「ちょっとわかる気はします。会社が合ってなかったってわかっちゃったんですね」

「ただ、本当のところはどうなのかね」

「本当のところ？」

「本当にその人が会社と合わないのか、それとも、急に出社し始めたことで慣れなくて、ちょっとつらいのをそう感じてしまっているのか……遅く来た五月病みたいなものかも」

「彼女の思い過ごしだと？」

「まあね。そこまで本格的に会社と合わない、会社勤めが合わない、とかじゃなくて、ただ、だるいだけかも」

　だるいと感じるのだって、十分、会社と合わないってことなんじゃないか、と思いながら、恵麻は電話を切った。

依頼人、福山さゆみが住んでいるのは、東急田園都市線《とうきゅうでんえんとしせん》の溝の口駅から歩いて十分ほどのアパートの一室だった。

「いらっしゃいませ」

カンカンと音を立てて外階段を上がると、さゆみの部屋がある。ちょっと古いけど、キッチンのほかに二部屋ある2Kの間取りで、広かった。彼女は猫を抱いていた。

「……築年数はかなりいってるんですけど、広くて猫が飼えるので」

さゆみが言いわけするようにつぶやいた。

「コロナの前からここに住んでいたんですか」

「はい。だけど、猫を飼い始めたのは、コロナが始まってからです」

その時、猫が体をくねらせてさゆみの腕から逃げた。

「失礼します」

靴を脱いで入ると、その猫が後をついてきた。

玄関からすぐの部屋がキッチンで、続く部屋がダイニング、奥が寝室だ。

「猫、大丈夫ですか?」

恵麻の脚に頭を擦り付けている猫を見て、さゆみが尋ねた。

「はい……でも、動物を飼っている依頼人さんのところに来たのはまだ二度目です」

「え。動物がいるところはダメなんですか」

「いえ、違います。ダメではなくてあまりないってだけで」

よく見ると、さゆみの唇《くちびる》のあたりが震えていた。

「……ですよね、あのホームページにも書いてなかったし」

「大丈夫です」

「よかった」

なんだか、少し話がずれる、というか、行き違うなあと思った。

居間にソファセットとテレビが置いてあったので、そこに向かい合わせに座った。猫はまだ、恵麻の足下にいて、こちらを見上げていた。

「会社、大変なんですか」

さゆみは飲み物などは出してくれなかったし、聞いてもくれなかった。恵麻は手持ち無沙汰になって尋ねた。

「大変というか……大変ということにやっと気がついた、というか」

さゆみは猫を引き寄せて、抱きかかえようとしたが、彼（か彼女）は手からすり抜けて、キッチンに行ってしまった。その仕草が、なんだか、飼い主がこれから重い話をするのに感づいて、嫌がっているように見えた。

「もともと、課長とも係長とも気が合わなかったんですよ」

さゆみは猫の後ろ姿を目で追いながら言った。

「この会社嫌だなあと思っていた時に、コロナが流行《はや》りだして」

「ああ」

「課長は部下に対してはきつくて、ちくちく嫌みばっかり言うわりに、自分はたいして仕事をしなくて、でも部下の手柄は自分の手柄、っていうタイプで。係長はとにかくお調子もので、その課長におもねっていて。だから、気軽に課長の悪口とか言えないんですよ。いつも係長が見張っているような感じなんです」

「なるほど」

「課の雰囲気もぎすぎすしてたんだけど、リモートワークになって、普段は自宅で仕事して、会議はオンラインでやって、週一回だけ出社して、忘年会とか送別会とか、そういうの一切なし、ってことになったら急にうまくいくようになったんですよ」

「へえ」

「何回か、ズーム飲み会までしたんですよ！　私たち。それが結構、楽しくて。課長の三歳の娘が乱入してきた時は本当にかわいいなって思った」

さゆみはその時のことを思い出したように微笑《ほほえ》んだ。

「あんな人にも家族がいるんだな、って。だったら、家族のために、そりゃ手柄も横取りするよなって思えたり。係長が酔って、『サライ』とか歌った時には、あ、係長、結構、歌がうまいんですよ、皆泣いちゃったりして」

恵麻も思わず、笑った。

「私も猫を飼いだしたことを皆に報告したりしてね。あの頃は楽しかったなあ」

「でも、今はそうじゃないんですか」

「はい」

　さゆみはうなずく。

「通常勤務に戻っても、今度はうまくいくかもって思ったんです。三年前とは段違いに、私たち、お互いのことを知っていましたし」

「でも、そうじゃなかったんですね？」

「ダメでした。もう、出勤し始めて数日でげんなりしました。やっぱり、課長は部下のミスに細かくて嫌みなやつで、係長は謎に明るくて、ウザくて……これがこれからいつまでも続くと思うと本当にうんざり」

　さゆみは深いため息をついた。

「まあ、やっぱり、環境が変わると人間関係も変わるってことですかねえ」

「たぶん」

「……あの、うちの亀山に聞いたんですけど、体の調子も悪いって……」

　おそるおそる切り出すと、さゆみは大きくうなずいた。

「そうなんです。気がついたのは二週間目くらいかなあ。金曜日が待ちどおしくて、土日が本当に楽しかったんです。でも日曜の夜になると急に落ち込むというか、気持ちが重くなって、『ああ、嫌だ、嫌だ、嫌だ』ってどんどん憂鬱《ゆううつ》になるんです」

「ああ、そうですよねえ。会社員は」

　口では同意しつつ、自分はもう、そういう、曜日で気持ちが上がったり下がったりすることはないよなあ、と考えていた。今の仕事をするようになってから、決まった出勤日というようなものがない。逆に言えば、土日も働かなくてはならないが、日曜日の夜の憂鬱からは解放された。

「それが前より激しくなった感じなんです。金曜日は朝からぐううううっと」

さゆみは指をグラフを書くように動かした。

「気持ちが上がってきて、お昼食べるくらいには『あと半日だ』って楽しくなってきて、三時、四時、五時……とどんどん上がっていって。金曜日に退社する時は最高潮。これから自由で、あの課長や係長の顔を見なくてもいい二日間があるんだって」

「最高の二日間ですね」

恵麻は笑ったが、さゆみは硬い表情のままだった。

「でも、日曜の夜が最悪なんです。気持ちがどおっと沈みます。日曜のお昼ご飯を食べるくらいからつらくて、憂鬱で憂鬱で」

また、指を振り上げて、宙に線を描いて見せた。

「こうなってたのが、ずどーんと下がって」

さゆみの指はテーブルにつくほど落ちた。

「気持ちの波が激しいですね」

あまり、何も考えずに口にした言葉だったが、彼女は大きくうなずいた。

「私もそう思って、ネットで検索したんです。同じことを考えている人いないかなあって。そしたら引っかかってきたんですけど、そういう気持ちが激しく上下するのって精神的にもあんまりよくないんですって。いわゆる、脳の物質？　そういう喜びを司《つかさど》る物質がが一っと出て、逆にが一っと少なくなるみたいな、激しい上下があると、精神的に問題が起きやすいらしい」

「そうなんですか」

「それを知ってから、なんだか怖くなっちゃって」

さゆみはかたわらにいる猫を見た。彼（か彼女）は気がついたら、彼女の隣で丸くなっていた。

「自分も、もしかして病気になったりするんじゃないかと思って」

「まあ、今の環境を変えるか、自分を変えるかしかないですよね」

恵麻は自分自身が仕事をやめたことがあったから、何気なくそう言った。

すると、彼女は黙ってしまった。猫に手を伸ばして、背中をなでている。あまりにも長く沈黙が続いたので、恵麻はもう一度、言ってみた。

「……コロナの分類が変わって求人とかも増えてきたって聞きますし、福山さんもぱっと仕事を変えちゃったら」

「そういうことじゃないんですよ！」

さゆみは急に叫んだ。

「え？」

「だから、そういうことじゃないんです。そんなに簡単に仕事なんてやめられないし、新しいところにも行けないし」

「あ、あ、すみません」

一応、謝ってみたものの、さゆみの耳には入っていないようだった。

「そんなことを言われるために呼んだんじゃないんですよ」

そして、言われてしまったのだった。

「……ごめんなさい。もう、あなたと話したくないです。朝になったら出て行ってもらえますか?」


昨夜のことを思い出しつつ、スマホを見ながら焼きそばを食べていたら、急に社長の亀山から電話がかかってきて驚いた。周りを見回し、声をひそめて電話に出た。

「はい」

「ああ、恵麻さん? 大丈夫だった?」

「あ。あの……」

さゆみからもう連絡が行ったのか、と驚く。

彼女から何か言われるかも、クレームが入るかもとは思っていたが、料金もかなり安くしたし、大丈夫かと思っていたのに、もう社長に連絡したのか。

「それは……すみません」

「いや、彼女から申し訳なかった、って連絡があったよ」

「え⁉　福山さゆみさんからですか⁉」

「うん。なんか、行き違いがあって、怒ってしまったけど、私も悪かったって」

「あ、そうですか……」

あんなに怒ってたけど、悪い人じゃなかったんだ、とほっとした。

「いえ、あたしも調子に乗って言い過ぎたかもしれません」

「そうだったのか。まあ、この商売、ただ人のことを見守ってればいいようなものだけど、それなりにむずかしいこともあるからね」

「はい……」

「基本的には向こうの言うことを、はいはいと聞いてればいいんだから」

「まあ、そうですね」

途中まではそういうつもりだったのだ。自分でもどこで怒らせてしまったのか、よくわからない。

「でも、福山さん、言ってたよ。夜中に目が覚めてしまったけど、あなたが隣の部屋にいてくれるってわかってたから、ちょっと安心だったたって」

「あ、そうですか」

「夜中に一度、ドアを開けたんだって。そしたら、恵麻さんが起きていてくれてるのが見えたから、ほっとしたって」

「あ……」

見ていてくれたんだ。

誰かが見ている。ちゃんと仕事していれば誰かが見ているって本当だったんだ。

「それでそのあとはぐっすり眠れたって。申し訳なくて、朝、謝ろうと思ったらもういなくなってたから言えなかったって。残りのお金は振り込みますって言ってた」

「そうでしたか……もうよかったのに」

「まあ、いいじゃん。よかったじゃん」

「はい」

「だけど、今後はもう少し気をつけてね」

「ありがとうございました」

電話を切ると、また、ため息が出た。

ふと、LINEのアプリに、新着通知の数字が付いているのが目に入った。開くと、それは、元恋人……タケルからのメッセージだった。

あの日、偶然会った後、ほんの挨拶《あいさつ》程度のメッセージを送ってきた。「この間はどうも。元気そうでよかった」というような。それに簡単なスタンプとは言え返事をしてしまったのが悪かった。気を許していると思われたのか、それからちょこちょこ来る。

今朝《けさ》のも「おはよう。今日も暑そうだね」という簡単なものだった。

ずっと無視してきたのに、たぶん、さゆみのことが無事に終わって、少しほっとしたからだろう……つい返事をしてしまった。

「今朝は仕事だった……ちょっと疲れた」

送ってしまってから、しまった、と思った時にはすでに既読マークが付いていた。

どうしよう、と思いつつ、スマホを閉じた。

お勘定をして、店から出ると、すでに蒸し暑いだけでなく、日差しも強くなっている。

しかしそんなことよりも、今はバッグに放り込んだスマホの様子が気になっていた。

どうしよう。

「あーあ」

自分をごまかすために、少し大袈裟《おおげさ》なくらい大きくため息をつきながら、恵麻は渋谷駅に向かって歩いて行った。

第九酒

広尾　チーズバーガー

「中野お助《たす》け本舗《ほんぽ》」の社長と先輩と、一度落ち着いて話したいと思っていたら、まるでその願いが通じたかのように、社長の亀山から暑気《しょき》払いに三人でご飯でも食べようという連絡が、会社のグループLINEで届いた。なんでも食べたいものを言って欲しい、とあった。もちろん、社長のおごり、らしい。

ほぼ、同時に祥子から個別のLINEで「恵麻ちゃんが食べたいもの、なんでもリクエストするといいよ。少し高いものでも大丈夫なはず」というメッセージが来た。

それを受けて、ちゃんとしたフレンチとか一度食べてみたいんですけどいいですか？　と送ると、しばらく経ったあと、誰かが予約さえしてくれればかまわない、という返事だった。

祥子がグループLINEの方に、じゃあ私が予約する、前にうちの娘と初めてフレンチを食べた店があるから、と代官山《だいかんやま》のフレンチレストランのアドレスが送られてきた。

「お前ら、遠慮ってものがないのか、遠慮は」

約束の日、隠《かく》れ家《が》風フレンチレストランの奥の席で、祥子と一緒にシャンパンを飲んでいると、少し遅れてやってきた亀山が叫んだ。

「遠慮しているじゃない」

祥子が白い麻のワンピース姿でシャンパングラスを片手に言った。こういう服装をしていると、この人は本当にきれいに見えると恵麻は思った。

「上席を社長用に空けておきました」

ね？　と恵麻の方を見て笑った。

それごときで……とぶつぶつ言いながら、亀山は座る。

「最初のお飲み物はいかがいたしますか？」

ソムリエの男性がすぐやって来て、亀山に聞いた。

「俺もシャンパンにするかな」

「女性の方々からは、コースの他に生牡蠣《なまがき》も追加注文いただいていますが」

亀山はぐっと二人をにらんだ。

「追加!?」

「すみません、牡蠣と追加料金がかかる牛フィレ肉も頼んじゃいました」

亀山が来る十分ほど前に着いていた祥子と恵麻はすでに「一番高いもの」の注文をすませていたのだった。

「こんなに高いもの……勝手に、いいんでしょうか？」

恵麻がおじけづくと、「いいの、いいの」と祥子はひらひらと手を振った。

「あの人、最近、結構、羽振《はぶ》りがいいみたい。選挙も近くありそうで、見守り屋以外にもなんだかいろいろ仕事を頼まれてるみたいよ。だから、このところ、私たち忙しいじゃない？」

「確かに」

社長の亀山が稼働していないから、自然に、恵麻と祥子の出番が増えているのだった。

「あたしは助かるんですけど」

「まあね、私も」

祥子はちらっと舌を出した。

「でも、その分、亀も潤ってるみたいだから」

なんだか、今夜の祥子はこれまでと違う……ちょっと浮かれているようにも見えた。

「じゃあ、遠慮なく頼みます……」

というような会話が交わされていたのだった。

「それじゃあ、かんぱい」

亀山のシャンパンが運ばれてきたので、三人で軽くグラスを合わせた。

「いつもお世話になっています」

祥子が言っている「羽振りがいい」というのも嘘《うそ》ではないのかもしれない。文句を言いつつ、亀山は頭をさげた。

「こちらこそ。ありがとうございます」

恵麻はグラスをぎこちなく傾けた。

今はコンビニでもスパークリングワインが売られていて簡単に手に入る時代だけど……やっぱり、こういう店で出てくるものはひと味違うな、と恵麻は思った。

細長いフルートグラスの底から湧き上がる泡が驚くほど細かい。喉《のど》ごしもきりりとしている。そして、氷のように冷たい。

「ああ、おいしいなあ」

つい、つぶやいてしまう。

「そう？　そんなに喜んでくれると、飲ませ甲斐《がい》があるなあ。おかわり、遠慮なくしろよ」

亀山が言った。

コースの最初は、追加注文した生牡蠣とフランス風のガスパチョだった。

新鮮な生牡蠣は自《みずか》らの殻《から》の上にのってやってきた。それは海の匂いとミルクの味がした。レモンを搾《しぼ》っただけで他に何もいらない美味だった。ガスパチョはほのかにガーリックの匂いがする、トマトと夏野菜の冷たいスープで、小さなガラスの器に入っていた。

「ああ、おいしい。牡蠣もガスパチョも」

祥子が感に堪えぬように言った。

「身体中に、何か瑞々《みずみず》しいものが満ちあふれて、生き返る感じ」

その言葉に、恵麻も思わずうなずいた。

「祥子さん、うまいこと言う」

「確かに、祥子は食べ物に関することだけは的確だな」

亀山も同意した。

「どう？　最近は？」

祥子がガスパチョの器に小さなスプーンを差し入れながら恵麻に尋ねた。

「私生活ですか？　仕事ですか？」

「両方、と言いたいところだけど、そういうの、最近はあまり聞いたらいけないんでしょ？だから、仕事の方を聞きたいわ」

やっぱり、今日の祥子はどこかいつもと違う、と思った。

「……まあ、うまくいってる、と思いたいですが」

亀山の顔をちらっと見た。

「どうして？　うまくいってるんじゃないのか」

彼は恵麻の視線に気づいたようだった。

「社長がそう思ってくれているならいいです」

「ああ、この間の客が怒ったことを気にしてるのか？」

「まあ、そうですね」

亀山が先月の話を、祥子に説明した。

恵麻は少し意外だった。亀山は見守り屋の仕事で起こったことはすべて祥子にも共有しているとばかり思っていたからだ。

「……だけど、朝にはお客さんの方から連絡してきて、謝ってくれたから」

「じゃあ、問題ないじゃない」

「そうでしょうか」

二人が優しいので、恵麻は少し甘えたくなった。

「お客さんを怒らせたのは確かですし、祥子さんならそんなことにはならなかったんじゃないかと思って……少し落ち込みました」

「いいのよ」

祥子が首を振った。

「最後には丸く収まったんだし……それにね」

彼女は亀山の方を見た。

「この仕事、基本的にはあまりリピートはされないものだから。仕事がうまくいけばいくほど、お客さんは私たちのことを二度と呼んでくれない。もちろん、幼い子供とか、老いたわんちゃんの見守りとかね、定期的に呼んでくれることもあるけど、それはごくまれ」

「なるほど」

「だから、リピートされないからってお客さんからNG出されたとも限らないのよ」

「勉強になります！　というか、ちょっと元気が出ました」

「そう言えば、少し前に、パチンコ依存症の若い女がいたよな」

「あ、池袋の」

「あれ、一度、祥子に回していいか？」

「え？」

恵麻が驚いて亀山の顔を見ると、こちらをうかがっている表情だった。

「……いいですけど……どうしてですか？」

「実は来週来て欲しいという連絡があったんだけど、話を聞いていたら、子供がいる祥子の方がいいような気がしてきた」

「そうなんですか」

ガスパチョの最後の一匙《ひとさじ》をすくうふりをして下を向き、平静を装ったが、本当は少し動揺していた。

「なんでも、来週、子供の保育園の行事があるそうなんだが、夫からそこには来ないで欲しいって言われたんだと。その日はもしかしたら、パチンコに行ってしまいそうな気がするって」

「……私も経験があるの。子供の行事に呼ばれないって結構、つらいものだから」

「祥子に行ってもらって経験談を話した方がいいような気がして」

確かに、そういう事情なら結婚もしてない自分より、彼女の方がずっと適任な気がした。

「わかりました」

今度ははっきりと顔を上げ、亀山の目を見てうなずいた。

「よかった」

彼ではなく、祥子がほっとしたような声をあげた。

「あ、すみません。気を遣わせてしまって」

恵麻は首を振った。

「そんなに気を遣わないでください。あたしがまだ経験が浅い……仕事の上でも人生でも……なのは明白なんですから」

「いいえ。恵麻ちゃんの若さが必要なこともたくさんある」

祥子が取り繕うように言ったが、恵麻はうまく答えられなかった。

「……さあ、次のお皿にまいりましょうか。スープ代わりのとうもろこしのブランマンジェでございます」

まるで気まずい空気を見計らったかのように、白い大きな皿が運ばれてきて、デザートのような淡い黄色の円形のブランマンジェの上に、黄金色のゼリーと雲丹《うに》がのった料理に、祥子も恵麻も自然に歓声を上げた。一口頰張《ほおば》ると、確かにとうもろこしのゼリーが溶けて、スープのようだ。とうもろこしの甘味と旨味が口いっぱいに広がった。

「今朝《けさ》の仕事はどうだったの？」

祥子が何事もなかったかのように尋ねた。

恵麻はふと、フレンチレストランの料理というのは、こういう時のためにあるのかと思った。こういう気まずい話をするために、一皿一皿、凝った料理を運んでくるのか、と。

なぜ、祥子が恵麻の今朝の仕事のことを知っているのかと言えば、昨夜は事務所に二件の依頼が入っており、二人で手分けしたからだ。一つは夏休み中の広尾《ひろお》の中学受験を控えた男の子の見守りで、もう一つは大宮《おおみや》の高齢者の仕事だった。普段、子供の見守りは祥子が行くことが多いが、どちらを選ぶか、と亀山に聞かれて、恵麻は広尾の小学生を選んだ。あまり歳が離れていると、時々、何を話したらいいのかわからなくなるからだ。

「いい子でした。聞き分けが良くて、優しくて。たぶん頭もすごくいい子だと思います」

「そう」

受験のこともあるし、普段は母親が付きっきりで付いているのだが、関西の方に単身赴任している父親の元に急に行かなくてはならない用事ができて、見守り屋が呼ばれたのだった。

「ただ……」

「ただ、どうした？」

「お母さんが家を空ける理由が、本当に彼女が言った通りの理由なのか、彼にもよくわからない……みたいでした」

「母親が嘘《うそ》を言っているって？　そんな話をしたのか⁉」

亀山が少し眉《まゆ》をひそめた。

「いえ、向こうが勝手に話し始めたんです」

母親に頼まれた通り、晩ご飯にピザを取って二人で食べ、彼が勉強をしている間は子供部屋の脇のダイニングキッチンで過ごし、彼が十一時に眠りにつくのを確かめた。

その会話は一緒に夕飯を食べている時のことだった。

「お母さん、いなくてさびしいね。だけど、お父さんのところで用事ができたんだからしょうがないよね」

彼は元気がないように見えた。

「さあ。本当にそうなんだか」

彼はほんの少し唇《くちびる》を歪めてつぶやいた。

「違うの？」

恵麻はピザを飲み込みながら尋ねた。

「さあ。僕にはわかりません」

不思議な感じがした。

恵麻が彼くらいの歳のころは、親が言うことを疑ったこともなかった。ずいぶん、大人びたことを言っているのに、一方で、どこかあやふやだった。

どうしてそんなことを言うんだろう。

なんだか、目の前の、ほっそりとしてさらさらの髪の、品の良い小学生がちょっと怖くなった。

そのあとはほとんどろくに話をせずにご飯を食べ終わり、彼が勉強しているのを見守った。

朝は、冷蔵庫に用意されていたスープとパンを温め直して食べた。パンも手作りだった。

「手作りのパンなんて、すごいね」

恵麻は、昨夜からの沈黙に堪えかねて言った。何を話せばいいのかうまく話題を見つけられなかったからだ。

彼は首をかしげた。さらさらした髪がきれいに流れた。

「さあ。僕にはわかりません。小さい頃からずっと母の手作りパンでしたから」

「君がどう考えているのかは知らないけど」

彼はパンを食べながら、上目遣いでこちらを見た。

「普通のお母さんはこんなふうにパンまで手作りはしてくれないんだよ。君のこと、大切に思っていると思うよ」

彼はかすかに笑った。


「ずいぶん、つっこんだ話をしたのね」

恵麻の話を聞いて、祥子は驚いたようだった。

「いけませんでしたか」

「いや、私ならそこまでは言わないかなあと思って」

「すみません」

「ううん。でも、笑ってくれたなら、よかったのかもしれない」

「それに、少し不思議なんです」

「不思議？」

「そんなふうに大人っぽい子なのに、帰ろうとしたらちょっと引き留められて」

「へえ」

母親からは朝ご飯を食べさせたあとは帰っていい、と言われていた。八時過ぎに帰りの支度をしていると、彼は窓の外を見て「雨が降りそうだね」と言った。

「そう？」

雨が降るどころか、カンカン照《で》りの晴天だった。

「降るよ、絶対。僕、そういうのわかるんだもん。天気の勉強したから」

「傘持ってこなかったな」

なんとなく話を合わせると、「じゃあ、もう少し、うちにいたら？」と言われた。もしかして、まだいてほしいのか、と思った。

「それからも、帰ろうとすると『雨が降るよ』って言うんです。そのたびになんとなく帰りそびれて……結局、お母さんが帰ってくる十時過ぎまでいちゃったんですけど」

「ふーん、で、お母さんはどんな感じだったの？」

「すごく恐縮してました。本当は二時間前に帰ってもよかったから」

「父親のところ以外の、どっか別の場所に行ってたような雰囲気はあったのか」

亀山が尋ねた。

「いえ、それはわかりませんけど……」

恵麻は今朝の記憶をたぐり寄せた。

「すごく丁寧《ていねい》にお化粧してるなと思いました」

「お化粧？」

「うーん。まあ、本人の言う通りなら、関西方面から帰ってくるわけで、十時に着くためにはかなり早朝、向こうを発《た》ってますよね。それにしてはきっちりきれいにお化粧されてるなあって。まあ、人それぞれですけどね」

「どこなの？」

祥子が亀山に向かって言った。

「どこ？」

「その、お父さんの転勤先は？」

「さあ……どこだっけ？　大阪じゃなかったなあ」

亀山が首をかしげる。

「大阪なら、関西方面とは言わないよね、普通は大阪って言う」

祥子が刑事並みの鋭さで言い切る。

「ああ、確か、和歌山だった」

「和歌山か……」

祥子がスマホを取り出して、何か調べた。

「……和歌山から出て、広尾に十時に着くには、始発の朝五時過ぎには和歌山駅を出ないといけない」

「なるほど」

「まあ、不可能ではないけどなかなか大変だよね。しかも、このアプリによると、広尾駅には九時半頃に着くことになってる、少し早いね」

「どういうことですか？」

そう尋ねる恵麻を軽く無視して、祥子はまたアプリを使った。

「逆に、一本遅くすると、十時まで広尾には着かない」

「え？」

「つまり」

祥子はスマホをテーブルに置いた。

「はっきりとは言えないけど、確かに、本当に和歌山に行っていたかは……」

「まあ、広尾に着いて、買い物とかどこかに寄ってから帰ってきたのかもしれないし」

亀山が祥子の発言を遮《さえぎ》るように言った。

「もうやめよう。依頼人のあれこれを探るのは」

「……ごめん」

祥子はちょっと肩をすくめて謝った。

「でも、ミステリードラマみたいで少しおもしろかったです」

恵麻は答えながら、確かに、そう考えるとあの母親がはるばる和歌山から帰ってきた感じはしなかったなと思った。荷物も小さなバッグ一つだった。


しかし、限りなくグレーに近い母親が十時に帰ってきたおかげで、あの日、ちょっと気になっていた、チーズバーガーの店に行くことができたのだった。

全国展開しているハンバーガーチェーンが、広尾に、チーズバーガー専門店を出していると前にネットニュースで観たことがあった。

彼らのマンションを出て広尾駅方面に歩いて行くと、商店街の中の一角にその店はあった。

自動ドアを使って中に入ると、冷房が効いていてほっとした。歩いてきたのは五分ほどだったのに、もう軽く汗をかいていた。

「いらっしゃいませ」

白い服を着た店員が二人、生真面目《きまじめ》に声をかけてくれた。

まだ店内には客がいなかった。恵麻が最初の客だったらしい。

店内に入ってすぐのところに小さめのテレビモニターのようなタッチパネル式の注文用の端末があった。それで注文するのだな、と思って近づくと、男性店員が横に立った。

「こちら、お支払いはカードか電子マネー、QRコード決済のみですがよろしいでしょうか」

現金では買えないんだ、さすが新しいお店だなあと思いながらうなずく。

チーズハンバーガーの種類は三種類で、二種のチーズ、ふわとろチーズ（ホワイトソースを入れたもの）、クアトロ（四種の）チーズだった。どれも、パティは二枚はさまっている。

一瞬決めかねて、端末を見ていると、クアトロチーズを指し、「こちらはブルー系のチーズを使った、少しクセの強いものになります」と彼が説明してくれた。

その言葉を聞いて、食べたいものが決まった。ブルー系のチーズの香りと肉のパティをクラフトビールで流し込んだら、最高に違いない。ビールはブルックリンラガーとよなよなエールの二種類だった。

クアトロチーズバーガーとポテトフライ、ブルックリンラガーをタッチパネルで選ぶ。

「地下の方が、冷房が効いていますよ。ビール以外のお品ものは後ほどお運びいたします」

地下に下りると、本当に部屋がきんきんに冷えていて、誰もいなかった。一番奥の席で、ちょっと癖のあるチーズバーガーと一緒に飲むクラフトビールは最高の朝酒《あさざけ》だった。

「母親を迎えた時、息子の様子はどうだったの？」

その時の味を思い出していると、魚料理を白ワインで食べながら、祥子が尋ねた。

亀山がちょっと咎《とが》めるような視線で祥子を見た。

「ごめんなさい。だけど、ちょっと気になって」

恵麻も、魚にナイフを入れながら考えた。魚は鯛《たい》の香草焼き。うろこが立っていて、ぱりぱりに焼き上げられている。

「ああ、お母さんが帰ってきて、『あら、まだいらっしゃったんですか？　もうお帰りになってもよかったのに』とか言って、挨拶《あいさつ》している間に――」

彼はいなくなっていたのだった。

「振り返ったら、自分の部屋に入ってしまっていて」

だから、息子の反応はわからなかった。母親が「見守り屋さん、帰るってよ！　ご挨拶したら！」と呼びかけても、部屋から出てこなかった。

「そう」

祥子が小さくため息をついた。

「まあ、しかたないわね」

「はい」

「だから、依頼人を詮索《せんさく》しない」

亀山がきっぱりと言った。

「そう？　ある程度、詮索……というか、相手の立場を推し量るのも仕事だと思うけど、私たちの」

「まあ、そういう一面もあるが、必要以上に、ということだ」

「当然よ」

祥子は最後の一切れを口に入れた。

「……私が聞きたかったのは、そういう時、子供はどういう反応するのかなってこと。興味本位ではなくて」

また、短い沈黙が訪れたが、恵麻は、それは食べ物に集中しているからだというふりをした。

魚料理の後、牛フィレ肉のソテーがやってきた。付け合わせにこんがり焼けた夏野菜とスライスしたトリュフがのっていた。驚いたのはラベンダーの花がパラパラと添えてあったことだ。それもお好みで肉と一緒にお召しあがりください、と言われる。

「……ラベンダー、意外と肉と合う。びっくり」

祥子がつぶやいたが、恵麻もまったく同感だった。

ふと、また、広尾のチーズバーガーのことを思い出した。挟まっていた二枚のパティは表面がこんがりと焼けていて、ゴルゴンゾーラチーズとの相性もよく美味しかった。

これも美味しいが、あれも美味しい。美味しいものがたくさんあり過ぎて困る。

「……実は、ちょっと副業というか、別の仕事もしたいな、と思ってまして」

「え？」

「ほんと？」

軽い気持ちで言ったのに、亀山と祥子がぎょっとしたように聞き返した。

「どういう仕事？」

「実は、今、一緒に住んでる……祥子さんのシェアハウスで……人に紹介されて、ネットのライターをすることに」

「あ、さよさん？」

祥子が言った。

「はい。彼女が最近、仕事をやめたので、その後釜《あとがま》ってほどじゃないんですけど、教えてもらって」

「そうなんだ……」

祥子はちょっと戸惑《とまど》ったように、残った白ワインを飲み干した。

亀山に勧められたワインを断って、一人、ビールを飲んでいた。

「……それ、結構、時間を使うのか？　というか、稼げるのか」

「まあ、それ専業でってなると、一日中、しっちゃかめっちゃか書かないと生活できないみたいなんですけど、でも、まあ、副業ですから……とにかく、始めてみないことには、自分に合っているかどうかもわかりませんし」

「確かにそうだよな」

二人の様子にちょっと驚いた。余った時間を使って、ちょっとしたお小遣い稼ぎに始めようと思っただけだったから、こんなに反応されるとは思わなかった。

「それなら、いいが」

亀山が言った。

「実はまだ水沢には話すかどうか迷っていたんだが」

亀山が祥子の方を見て、うなずいた。祥子がそれに合わせたように口を開いた。

「……私、仕事をやめるかもしれないの。この見守り屋の仕事を」

「え？」

恵麻はしげしげと祥子を見つめた。すると彼女は下を向いてしまって、何を考えているのかはわからなかった。

第十酒

浜松町　焼鯖定食

暑くて暑くて、それでこんなことになったんだろう。

ふらふらしながら、恵麻は思った。

なんたって、暑すぎるから……。


依頼人の家を朝七時過ぎに出て、浜松町《はままつちょう》駅に向かった。その時、すでに気温は三十度を超えていたと思う。改札口のすぐ横に、寿司屋があった。開店していて、入口のところに「朝定食」「朝どんぶり」と記した写真入りの大きな立て看板が置いてあった。

——ああ、おいしそう……そして、涼しそう……今朝《けさ》はここで朝ご飯を食べていくか……。

しかし入店しようとして、はっと気がついた。

他に行きたいと思っていた店があったのだ。

場所は東京駅なのだが、浜松町からなら山手線《やまのてせん》で数駅だ、と昨日の夜、スマホを見ながら予定を立てていた。

その店はバターやチーズをたっぷりと使って、トーストやパンケーキ、スコーンを出すことで有名だった。滝のように流れるチーズをトーストにのせる動画は、何度もSNS上でバズっていた。しかも、ワインやビールの提供もあるらしい。ぜひ一度行ってみたい、と恵麻は思っていた。

開店時間を見ると十時からになっている。仕事が早く終われば近くのカフェなどで時間を潰せばいいし、依頼人の様子次第ではちょうどよい時間になりそうだった。

――どうしよう？

五百八十円の朝定食の写真を前にして恵麻は考え込む。その間も暑さで頭はぼんやりしている。

――これも悪くないけど……。

脳の中では、どろりとチーズがとけた映像が何度もリピート再生される。そこへ冷えた白ワインをぐっと飲んで……。

よし、ここは初志貫徹《しょしかんてつ》といこう、と改札を通り、山手線で東京駅に向かった。

東京駅で降りて、その店がある丸ビルまで歩いて行った。早くもじりじりと日差しが恵麻を照りつけている。地下のレストラン街に下りると、少しだけほっとした。

まだ店は開いていないので、近くのカフェに入った。

冷えた店内ではこれから仕事に行くのであろう会社員や、旅行者などが思い思いに過ごしていた。チェーン系のカフェだが、丸の内の店舗は特別なのか、椅子《いす》やソファが豪華で高級感が漂う。

そんな中でアイスコーヒーを飲んでいると、だんだん頭が冷えてきた。ふと、これから二時間以上もここで過ごさないといけないのだ、と気がつく。

――なんだか、十時からなら大丈夫、と思って来ちゃったけど、二時間って結構、あるぞ。

スマホだけで時間を潰すにも限界がある。

あたしは本当に、そこまでして大量のバターとチーズが食べたいのだろうか。

目当ての店を改めて検索し、衝動の元となった動画を再生した。滝のような、というより溶《よう》岩《がん》のようなチーズがあった。また、パンケーキには、北海道は美瑛《びえい》産のバターが百グラムもつくらしい。

――そりゃ、おいしいだろうけど、百グラムもいるかな？　バター。そして、二時間。

さらに、改めて気がついた。

十時開店というのは恵麻がよく使っているグルメアプリの情報で、公式ホームページなどではカフェコーナーの開店時間は十一時になっていた。

――え？　じゃあ、これから三時間？

慌てて、スマホの時計を見る。まだここに来て二十分しか経っていない。

待てない、やっぱり、待てない。

ああ、なんで、あの時、もうちょっとちゃんと情報を確認しなかったのだろう……。つい数十分前の自分の行動が悔やまれる。あまりに暑くて、なんだか、衝動的に改札を通ってしまったのだ。

――帰ろう。いや、わざわざ交通費を使って来たのに……でもダメだ。二時間はともかく、三時間はとても待てない。この時間、いったい、どうしよう……。

自分の愚かさに腹が立って、とはいえ、今すぐ立ち上がる元気も勇気もない。

ぼんやりしていると、先月会食をした時の、所長の亀山や先輩の犬森祥子との会話が思い出された。

特に祥子が、「以前付き合っていた角谷とまた連絡を取り合っている。このまま遠距離で付き合いを再開し、その後は大阪に行くことも考えている」という話には衝撃を受けた。

亀山もそれに反対ではなく、祥子が本気なら、大阪でできる仕事も考える、と話していた。祥子はシェアハウス経営の収入もあるし、お金はなんとかなる、というところまで話していた。祥子の気持ちは言葉以上に角谷と大阪に向かっているのかもしれない。

「でも、お子さんはどうするんです？　明里ちゃんは」

思わず、聞いてしまった。

祥子はその時一番苦しそうな顔をした。

「あの子も中学に入ったし、いずれにしろ、部活動なんかも忙しくて、会えるのは月一回もないの。だったら、その時だけ東京に帰ってきたらいいかもしれないと思って。どちらにしても、シェアハウスのこともあるし、時々東京には来るつもりだから」

「なるほど」

うなずきながら、お母さんが近くにいて会おうと思えばいつでも会えるというのと、時々、上京するのとではずいぶん違うなあ、と内心考えていた。

シェアハウスの管理の一部を恵麻に任せたいという話まで出ていた。もちろん、別に給料はくれるらしい。

恵麻にとっては悪い話ではないが……その時に、ネットライターのような仕事をすると言ったので、驚いていたようだった。

考えていると頭が痛くなってきた。

恵麻は意を決して立ち上がると、食器を返して駅に向かった。

また山手線に乗って戻る。まるでさっきまでの行動を逆回しにしているように……。

電車が浜松町に近づくに連れて、だんだんお腹が減ってきた。

さっき気になった店に行ったらいいんじゃないか。あの寿司屋の朝定食か朝どんぶりを食べたら少しは元気になるかも……もしかしたら、お寿司もあるかもしれない。

「降ります」

小声で言いながら、乗ってくる人をかき分けてプラットホームに降りた。

改札口を抜けて、また、さっきの……小一時間前にその前に立った店に入った。

「いらっしゃいませ」

中年女性がすぐに迎えてくれた。

真ん中にカウンターがあり、ぐるりと厨房を取り囲むようになっている。他に二人掛けと四人掛けのテーブル席がいくつかあった。

カウンターにはちょうど、男性客ばかりが一つずつ席を空けて四、五人座っていた。その間に座ることも可能だが、少しだけ気詰まりだ。

お好きな席へ、と言ってもらったのだからそれに甘えることにしよう、と二人掛けのテーブル席に着く。

テーブルの上には外の看板と同じメニューがあった。裏を返すと、生たまご、山芋、納豆、おしんこなどのトッピングの他に、しらすおろしやきんぴらごぼう、鮪《まぐろ》ぶつなどの小鉢ものが並んでいる。

「何になさいますか。今日の焼き魚は鯖《さば》と赤魚《あかうお》、煮魚は鯖の味噌煮《みそに》になります」

女性店員がまた声をかけてくれた。白い割烹着《かっぽうぎ》に三角巾《きん》、お母さんのように親しみやすく、どこか品のある人だった。

「今の時間、お寿司はないんですか？」

「お寿司は十時半からになります」

少し気の毒そうに彼女は答えた。

「じゃあ、焼き魚定食の鯖と……鮪ぶつの単品、それから生ビールありますか」

「今日は生ビールができなくて、瓶ビールなら」

「じゃあ、それで……」と言いかけたところで、壁に「稲波《いななみ》」という日本酒のポスターが貼ってあるのが目に入った。無濾過純米酒《むろかじゅんまいしゅ》、一回火入れと書いてあるのも、意味はよくわからないがおいしそうだ。

「あの、稲波というの、飲めますか」

「はい、大丈夫です」

「じゃあ、それで」

まず最初に、稲波の小瓶がやってきた。霜《しも》がついてきんきんに冷えたグラスを見たら、やっと元気になってきた。手酌《てじゃく》で注《そそ》いで、ぐっと飲み干す。

――冷えていても米の香りがわかる。少し癖はあるけどいい酒だ。きっと寿司や魚にも合うに違いない。

冷酒を楽しんでいるところに焼鯖定食が運ばれてきた。トレイの上に鯖と白いご飯、味噌汁、それに小鉢に入った鮪ぶつがのっていた。他に小袋入りの海苔《のり》と醤油《しょうゆ》。

まず、鯖の脇に添えられている大根おろしに醤油をかけ、鯖を箸《はし》で一口大にほぐして頬張《ほおば》る。脂がのったいい鯖だ。

――こういうのでいいんだよなあ、という見本のような味だ。今は大量のバターやチーズなんかいらない。ＳＮＳ映えもいらない、そんな味。

まあ、そうは言っても、あの店も一度くらいは行ってもいいけれど、と独り言《ご》つ。

その日の依頼人は浜松町に住んでいる人だった。

羽田《はねだ》空港で働いている、恵麻より少し年上の高木加代《たかぎかよ》という女性で、これまでも何度か呼んでくれたことがあった。

最初に自己紹介し合った時、「もしかして、客室乗務員ですか？」と尋ねると、しっとりした笑みを浮かべ、「違うの、空港ラウンジで働いている」と答えてくれた。

「へえ、お綺麗《きれい》だから、てっきり。でもすごいですね」

　ラウンジというのが今ひとつぴんと来なかったが、確かに、帰郷する時などに空港に行くと、構内の地図に必ずあるなあ、と思い出していた。

「すごくないよ。でも昔は成田《なりた》空港のラウンジで働いている人なんかはタクシーで送迎してもらったりしてたらしいけど」

「ええっ、タクシーで？　すごっ」

「航空業界、華やかなりし頃、ね。あの頃は客室乗務員やグランドホステスなんかも皆、タクシーだったらしいよ。今じゃ考えられない」

「そうなんですか」

「私も前はグランドホステスだったの。でも、タクシーなんか使ってないよ。羽田だったし。非正規職員だったからコロナの時に解雇されて……一度は違う仕事をしていたの。前職で知りあった、空港をよく使うお客さんが紹介してくれた会社で事務とかやってたんだけどね」

　やはり、華やかな職場じゃないかと思った。お客さんが次の職場を心配して探してくれるなんて、恵麻が勤めていた会社ではあり得ない。

「でも、やっぱり、私はこの世界が好きなのね。空港の中が。だから、アルバイトでもいいからって探したら、やっとラウンジのアルバイトが見つかって」

「アルバイトでもすごいです」

「でも、ＡＮＡとかＪＡＬとかのラウンジじゃないの。クレジットカード会社がやってるラウンジだから、そんなに豪華じゃないけどね」

「ラウンジ、行ったことないです」

「大きな部屋にテーブルや椅子が並んでいて、Ｗｉ－Ｆｉ使い放題で、フリードリンクがあって……まあ、カフェみたいなところかなあ。羽田のラウンジは建物の高い場所にあって見晴らしもいいし。とにかく、静かでお客さんはほとんど仕事してるか、読書してるかだから、仕事も楽だよ」

「空港で働くのって、そんなにいいんですか？」

「なんだろうね。空港がとにかく好きなの。あと、きちっと制服着て、きれいにお化粧してる自分も好き。今はただ、少なくなったドリンクを補充したり、受付で出入りする人をチェックするくらいの仕事だけど、でも、楽しいの。ただなんとなく働いている子も多いけど、私みたいに空港が好きだから空港ばかりで働いている人も少なくないよ。いつまでもあそこにふさわしい自分でいたいと思う」

そんなに好きな場所があるなんて素敵だと思った。

加代は髪が長く、家にいる時はゆるいアップにしていた。ネイルも派手ではない色をきちんと塗っている。恵麻と会う時は素顔に近いが、メイクをしたらきっとかなり華やかになるのだろうということは容易に想像ができた。空港で働いている人というのは、結局自然と、客室乗務員的な風貌《ふうぼう》になっていくのかもしれない。

年齢は教えてくれなかったけれど、見た目から、自分より少し上だろうと思っていた。それを加味しても三十代前半かな？　と予想していたが、ずいぶん昔の航空業界の事情を知っているし、話しているうちに三十五歳以上かもしれないと考えるようになった。

自分を呼んでくれた理由は「ただ、なんとなく」だと言っていた。ラウンジは朝六時から夜九時までやっているので、友達と時間が合わないのだとも説明された。でも、もしかしたら、年齢的にもだんだん昔の友達と合わなくなってきていて、その寂しさを恵麻で埋めているのかもしれない、とも思った。

「生まれて初めて空港に行ったのが成田空港で……家族と一緒の韓国旅行だったんだけど、その時、空港ってかっこいいなあと思って」

加代はうっとりした声になった。

「空港に恋をしたんですね」

「そう！」

加代は顔をほころばせた。

「いいこと言うね、恵麻ちゃん」

最初に加代の部屋に来た時にはお互いにもう少し緊張感があったと思うのだが、数回呼ばれるうちに、空港への憧れや、若い頃、お客さんにしてもらったこと――ラウンジを利用するたびに名前で呼んでもらい、カウンターに呼びだしてまるで専属のようにかわいがってもらったり、海外土産をもらったりした思い出話を、あけすけに語ってくれるようになった。

恵麻にはまったく想像もつかない世界の話ではあるけれど、空港は北海道の実家に帰る時に使うので、知らない場所でもない。

すごいですね、かっこいいですね、と素直に思ったことを言っているだけなのに、それだけで加代は恵麻を気に入ってくれたようだった。

「今度、北海道に帰る時、ラウンジに寄ってよ」

「ええ？　いいんですか？」

「私が受付で、上司とかいなかったら、中にただで入れてあげられるから」

「わ、嬉しい」

浜松町の駅前には高いビルやタワーマンションが並んでいる。きっとお金持ちばかりが住んでいる場所なのだろうと考えていたけれど、加代の部屋に来るようになって、そればかりでもないことを知った。

「浜松町に普通に住んでいる人っているんですね。最初に住所を聞いた時はびっくりしました」

「え？　そう？　探せば、十万円以下の部屋も結構あるよ」

加代の部屋は狭いワンルームで、建物はかなり古いらしく、外壁は少しくすんでいる。だけど、部屋の中は比較的きれいだ。

「ここからなら、羽田までモノレールで一本でしょう？　通勤がすごく楽」

「でしょうねえ」

最初に呼ばれた時に気がついたことがもう一つある。加代は深夜番組をよく観ているらしく、お笑い芸人に詳しかった。そういう話が合うのも、時々呼んでくれる理由なのかもしれなかった。

数ヶ月前、スマホのアプリで聴けるラジオの存在を教えてくれたのも加代だ。恵麻がラジオをよく聴くと話したら、大きくうなずいた。

「ラジオってテレビよりもゆるいじゃない？　ラジオアプリはさらにゆるい番組が多いから。特に、まだ売れてない芸人さんはなんでも話しちゃうからおもしろいよ」

「へえ」

「最近、ちょこちょこテレビに出てる、コダイコ、いるじゃん？」

「はい。大学のお笑いサークル出身の人ですよね？」

恵麻は彼らの姿を思い浮かべながら言った。

背が高くて痩《や》せているヤスと、同じく背が高いのに太っているタマオのコンビだ。意外とない体形の組み合わせだから、一度深夜番組に出演しているのを観ただけで憶えた。

「そうそう、恵麻ちゃん、わかってるねえ」

加代は喜んだ。

「私の周りじゃ、コダイコ知ってる人ほとんどいないよ。友達でも、働いてるところでも……とにかく、彼らのラジオ番組、すごくおもしろいんだよ。結構、めちゃくちゃなことを言ってる」

加代は思い出し笑いした。

「へえ。でも、コダイコ、最近売れてきてるんじゃないですか？」

「そうだけど、ラジオアプリは昔の録音もそのまま残っているから。二年くらい前の収録も聴けるよ」

「へえ、そうなんですか」

恵麻もすぐにアプリをダウンロードして、コダイコのラジオ番組を聴くようになった。

同じシェアハウスに住む、さよに誘われたウェブライターの仕事はまだ始めていなかった。一応、ウェブメディアの運営会社の人を紹介され、記事ができたらいつでも送って、と言われてから、すでに二ヶ月以上が経っていた。

恵麻がテレビやラジオから記事を作っていても、おもしろいと思ったネタはすぐに他の人に記事にされてしまうし、なかなか記事が書けないものは「他の人にはウケないかな……」と自信がなくなってしまい、結局、送らずに終わってしまう。

昨夜会った時、加代にその悩みを話していると、彼女が「そういえば、ちょっとおもしろい話があるかも」と言った。

「なんですか？」

「ほら、ベテラン芸人の竹下《たけした》っているじゃん」

竹下は司会をやったりはしないが、バラエティ番組のひな壇にいるとその受け答えが上手でおもしろく、存在感のある芸人だった。最近は役者業もやっているらしい。

「あ、いますねえ」

「コダイコがラジオ番組を始めた頃、言ってたんだけど、その竹下が気に入った女の子を落とすためにコダイコのヤスを利用したんだって」

「え？　竹下って結婚してなかったですか？」

確か、少し前に長く付き合っていた糟糠《そうこう》の妻、ならぬ彼女と結婚したはずだ。今は子供もいる。

「うーん。その頃はもしかしたら、まだ、独身だったかな。話したのは二年前でも、その件が起きたのはもっと前かも」

「独身の時も彼女はいましたよね？」

「うん。とにかく、ひどい目にあった、って愚痴《ぐち》ってたよ。まあ、ラジオアプリなんて誰も聴いてないと思って話しちゃったのかもしれない」

加代はスマホをいじって、その回を出してくれた。

すぐに、コダイコ二人の会話が始まり、確かに、コダイコのヤスが竹下に夜中、呼びだされた話をしていた。若い女性はヤスのファンだった。竹下はヤスを呼んであげるという口実で女性を誘ったらしい。

ヤスは二人の盛り上げ役をさせられ、しかも、二軒目に行くために三人でタクシーに乗る時、最後に乗り込もうとしたら、竹下に「お前はもういいから」とドアを閉められたらしい。ヤスは深夜、六本木《ろっぽんぎ》のど真ん中で電車もなく、お金もなく途方にくれた、と説明していた。しかも、次に竹下に会った時、「あれからどうなったんですか？」と尋ねると、竹下はにやっと笑って親指を立て、サムズアップのサインをしたという。つまり、その女の子とはうまくいった、ということなのかもしれない、と。

「わあ、これ、結構、やばい話じゃないですか」

恵麻は驚いて叫んだ。

「二年前だと、竹下も今ほどテレビに出てなかったし、つい話しちゃったのかね。でも、これ、使えない？」

「いけるかも。でも書いていいですか？　加代さん」

「いいよ、いいよ。私のネタでもないし、私はネット記事なんて書く可能性ないもん。まあ、コダイコのスキャンダルならちょっと抵抗あるけど、竹下は別にかまわないよ」

竹下の太った赤ら顔を思い浮かべる。少し図々しく、声が大きくて、恵麻もあまり好きになれなかった。

「この女の子も嫌がってたって言ってるし、ちょっとセクハラ、パワハラのにおいもありますね。万が一、ホテルに無理矢理、連れ込んだりしてたら、ちょっと問題になるかも」

「そうなのよ。でも、いかにも竹下がやりそうよね」

「これ、頑張って書いてみようかなあ」

「いいんじゃない？　採用するかしないかは、その会社次第だし」

「ですね」

恵麻はスマホでざっと検索してみた。竹下とコダイコの話はまだ誰も書いていないみたいだった。

「やってみようかなあ」

鯖とご飯を一緒に口に入れながら、ついつぶやいてしまった。

少し昔の話とはいえ、誰にも知られていないというのがいいし、竹下は最近、テレビで観ない日はないという芸人だ。

さよからせっかく紹介してもらった会社だし、亀山たちにも話したのに、まだ一つも記事が出来上がっていないのが恥ずかしかった。

――とりあえず、一記事、書いてみよう。

小鉢に入った鮪ぶつはいい色をしている。赤いところとピンクのところがほどよく混じりあっている。玉子焼きが二切れ添えてあるのもいい。

全体に軽く醤油をかけ、わさびをのせながら口に入れた。

――あ、いい。かなりいい鮪だ。さすが、寿司屋だなあ。

ピンクの部分は中トロらしく脂がのっているし、赤身も臭《くさ》みがなくておいしい。

鮪でご飯が進む。しっかりした味わいの日本酒とよく合う。醤油をかけた玉子焼きも箸休めにいい。

――思っていた以上に満足度の高い食事になったなあ。

あまりに暑かったことも、今の自分自身の問題も少し横に置いて、恵麻は微笑《ほほえ》んだ。やっぱり、おいしいご飯とお酒はいい。

帰りにレジのところで勘定をしていると、女性店員が「生ビールは普段はあるんですが、今日はたまたまなかっただけです」と教えてくれた。

「そうなんですか。ありがとうございます」

加代の家の近くだし、また、来ることもあるかもしれない、と思った。

改札口に向かうと、たくさんの人が自分とは逆向きに駅から出て来るのとすれ違った。皆、シャツやブラウス姿でひと目で会社員だというのがわかる。世の中はとっくに動き始めているらしい。

恵麻は電車に乗りながら、加代に教えられたアプリを開き、コダイコのラジオを聴き直した。

帰ったら、今日こそ、記事にしたいと思った。

第十一酒

初台　オムライス

——お笑い芸人の竹下たけしといえば、最近、テレビで見ない日がない人気芸人だ。以前、深夜放送のテレビ番組で、レギュラー番組十三本と豪語して、共演者を驚かせたこともある。しかし、彼には後輩芸人たちからの人望はないようだ。

「テレビの中では愛想《あいそ》のいい振る舞いを見せますが、裏の顔は違う、ともっぱらの噂《うわさ》のようです。特に酒が入り、女性がいる席ではかなり傲慢《ごうまん》な態度を取るとか」（情報通）

そのせいだろうか。彼については、数年前、ネットのラジオの中で、後輩芸人「コダイコ」のヤスから次のような暴露《ばくろ》をされたことがある。それは彼の同期主催の合コンの後のこと、お持ち帰りできる女子がいなかった竹下はヤスのファンだという女性を呼び出し……。

恵麻がまとめ上げた記事はすぐに編集部からＯＫが出て、手直しを受けた後、数時間後にアップされた。直されたのは恵麻が書いた文章のところどころに、（情報通）ということわり書きを入れて、まるで、誰か芸能界のことをよく知っている人間に取材したかのような印象を与えた部分だった。

「こうすると文章にリズムができて、読みやすいっていう効果もあるんだよ」

「はあ」

「署名記事にする？　それとも匿名《とくめい》？」と電話口で聞かれて、とっさに「じゃあ、ちゃんえま……いや、それじゃそのままなんで、ちゃんえむにしてください」と答えた。それで、記事のラストには（記事　ちゃんえむ）という署名も付いた。

あまりにも簡単に進んだことに、恵麻は逆に肩すかしを食らって、気が抜けてしまった。そして、それから一週間は特に大きな問題もなく過ぎた。記事のPV数は千くらいでそれほどでもなく、正直、まだ「稼げる」というようなレベルではなかった。

「いや、最初の記事でこれならまだいい方だよ。私なんて最初、まったく見てもらえなかったから」

仕事を紹介してくれた、さよはそう言って褒《ほ》めてくれた。

「そうですかねえ……これでよかったのか」

「別に嘘《うそ》はついてないし、ちゃんとネタ元もある記事なんだから、いいと思うよ。しかも、昔の配信からこれを掘り起こしてきたなんてすごいじゃん。次を書きなよ」

恵麻に入るお金はたぶん、よくて数十円というところで、なんの旨《うま》みも感じることはできなかった。記事を書くのに三時間はかかり、何度も何度も書き直して、少し睡眠《すいみん》不足になるほど頑張ったのに、とがっかりしてしまった。

「だからあの後、あんなことになるとはまったく思わなかったんだよ」

恵麻がそう言うと、元恋人のタケルは「だよなあ」とあいづちを打ってくれた。

その場所は前に二人で住んでいたマンションの近くにある洋風居酒屋だった。同棲《どうせい》していた時はほとんど外食はしなかったけれど、この店だけは別で、マスターが自己流で焼くピザが安いのにおいしく、仕事に疲れた金曜日や良いことがあった週の週末などに通った、思い出の場所だった。

「だって、最初は千ビュー行くか行かないかというところで、それでも千人も自分の記事を見てくれてるんだって思ったらちょっと嬉しかったけど、たいしたお金にもならなくて」

「ビューっていうのは見てくれた人の数だよな？」

タケルは首を傾《かし》げる。

「いや、正確にはクリックしてくれた人の数」

「なるほど。で、一ビューいくらくらい稼げるの？　一回一円くらい？」

「まさか。細かい計算はわからないけど、〇・一円くらいのものだと思う」

「そんなもんかあ」

「実際、最初は百円以上にならないと、振り込み手数料の方がかかるから、ある程度まとまらないと振り込みませんって言われてたくらい。それも翌月以降の振り込みだから、まだ一円ももらってない」

そんな状況が一つの投稿でがらりと変わったのだった。

記事を上げた翌週、見守り屋の仕事が終わって家で寝ていると、編集部からメールが来た。

「ちゃんえむさんの記事が急激に伸びてる」という内容だった。

寝ぼけながらネットを開くと、確かに、自分の書いた記事のPV数が十万以上になっていた。一瞬で目が覚めてベッドから起き上がった。普通、PV数は外からは見られないが、所属しているライターだけはパスワードを教えてもらっていて、会社のホームページから確認できるようになっているのだ。

「……え。じゃあ、一万円くらいはもらえるのかな？　やった」

のんきなことを考えていたのはそのあたりまでだった。

「……確か、あれだろ？　タコルのSNSで取り上げられたんだろ……」

タケルが尋ねた。

「そう」

突然のPV数上昇の理由はすぐにわかった。SNSで検索したら、馬鹿田《ばかだ》タコルという、ネット上のスキャンダル専門の有名インフルエンサーが、恵麻の記事におもしろおかしいコメントを付け加えて再投稿していたのだった。

それからはあっという間だった。恵麻の記事はタコルだけでなく、さまざまな人に再投稿され、さらに週刊誌やスポーツ紙にまで取り上げられた。ただの噂ではなく、コダイコのネットラジオという、確たる「ネタ元」があるところが、人々に取り上げられやすいポイントのようだった。翌週には彼らのラジオの内容だけでなく独自の取材を加え、いかに竹下が女好きの嫌な人間か、いかに金に汚いか、いかに後輩に高圧的かなど、詳しく書いた週刊誌の記事まで現れた。

それだけでも恵麻には大きなショックだったのに、さらに追い打ちをかける出来事が起きた。

竹下の被害に遭ったと名乗る女性が現れ、週刊誌に彼とのLINEのやりとりを暴露したのだ。彼女も一度は彼の毒牙《どくが》から逃げたものの、その後も品がなくなんのひねりもない「やろうよ」「1回、やらせてくれや」というようなメッセージに悩まされた、という内容だった。

それだけなら、もしかしたら、竹下の謝罪会見くらいで済んだかもしれない。だが、怒った竹下がコダイコのヤスを劇場の楽屋に呼び出し、彼を問い詰めたばかりか、殴《なぐ》ったというニュースが流れると、雲行きは一気に怪しくなった。周りにいた別の芸人たちが止めに入ったらしいが、ヤスはメガネが割れて頬《ほお》に小さな傷を負ったらしい。

さらに、その場にいた別の後輩がスマホで動画を撮っていて、カメラに気づいた竹下が「お前、ふざけんな！」とその後輩に殴りかかった映像が流れ始めると、彼を庇《かば》うものは誰もいなくなった。

数日後、事務所は彼との契約解除を発表、竹下は謝罪会見を開いたが、記者から責められてもまともな返答はできず、無期限活動停止を発表した後も彼への非難は収まらなかった。

ここまで恵麻の記事が出てから一ヶ月もかからなかった。ある意味、当事者の一人でありながら、恵麻はただ唖然《あぜん》としているうちに物事は進んだ。

「……あんなおおごとになるとは思わなかった……」

恵麻は、このことが起きて初めて、他人の前で涙があふれた。

「人の一生を変えてしまったのかもしれない」

「そんなの誰だって予測できないよ。それに、恵麻が書いた記事だけなら、竹下にはまだ再起の可能性があったじゃん。それをぶち壊したのはあいつ自身なんだから」

連絡をくれたのはタケルの方からだった。

話題の記事を読んで、最後の署名が（ちゃんえむ）となっているのを見て、「もしかして、あの記事、恵麻が書いたの？」とＬＩＮＥを送って来たのだった。

「どうしてわかったの！」

驚きのあまり、恵麻はなんの躊躇《ちゅうちょ》もなく、彼に電話してしまった。

「前にＬＩＮＥで、ちょっとだけ言ってたじゃん。見守り屋だけじゃなくて、ネット記事を書く仕事もするかもしれないって」

「そうだっけ？」

もしかしたら、見守り屋だけでは生活がおぼつかないと彼に思われないように、つい、口を滑らせたのかもしれなかった。

「それに、恵麻、前から別名みたいなのを使う時、ちゃんえむって書いてたから」

「え？　そんなことあった？」

「あった、あった。ファミレスとかの順番待ちの時に名前書くところに」

「あ……そうだったかも」

「だから、ピンときたんだよ」

きっと、タケルにばれなければ、さよ以外の誰にも言わずにいただろう。

だけど、彼に気づかれて、つい本音を漏らしてしまった。

「あんな記事、書かなければよかった……」

「え？　そう？　すごいじゃん、スクープ出したんだから」

思いがけず慰められ、少しだけ気が楽になった。だから、彼に「ご飯でも食べに行こうよ」と、昔よく行っていた店に誘われて、承諾《しょうだく》してしまったのだった。

「ああなったのは、竹下の人間性だよ。もともとああいうやつだったんだ。だから、恵麻が書かなくても、いつかは同じような事件、起こしてたよ」

「そうかなあ……」

「絶対、そうだよ」

タケルはカウンターに座っていた恵麻の手を軽く握った。

「大丈夫。それに、黙っていたら誰にもわからないし」

彼は優しかった。こういう温かみに触れるのは、本当に久しぶりだと思った。

人は時々、わけもなく人が恋しくなることがある。そして、そういう時はやはり、人でなければ慰められないのだ——。

気がつくと、心の中で、そう言い訳していた。

「バカみたいですよね、あたし」

「それはどっちのこと？」

「え？」

「記事を書いたことか、昔の男と寝たことか……」

「あー」

本当は、バカはもちろん、タケルとのことだったが、依頼人の幸江《ゆきえ》からそう尋ねられると、どちらかわからなくなってしまった。

「両方ですね、やっぱり」

ふふふと幸江は笑った。

彼女が、社長の亀山と祥子の中学の同級生だということは前日に聞いていた。

「どうしてあたしが？」

初台にある、彼女のマンションに行ってくれ、と言われてすぐに尋ねた。

「どうして、って呼ばれてるからだよ」

亀山は驚いたように答えた。

「当然だろ？　それが仕事だから」

「でも、社長たちの友達なんですよね？　祥子さんが行った方が」

亀山は笑った。

「祥子が行ったら、それはただの友達の家のお泊まり会だろ？」

「確かに。でも、なんで」

「それは向こうに行って聞いてください」

なんだかいつもと違って、少しそっけなく亀山は電話を切った。

幸江のマンションは駅から数分のところにあり、ゆったりと広く、彼女の豊かな暮らしを想像させた。

彼女はダイニングルームのテーブルの上に、軽いつまみと酒まで用意してくれていて、自然と食事をしながら話をすることになった。

「あなたも北海道の子なんでしょ？　どう？　東京には馴染《なじ》めた？」

まるで、会社の面接みたいだなあ、と思いながら、恵麻は幸江の数々の問いに答えた。どういう目的で自分を呼んだのだろう、と訝《いぶか》しく思っていたのは最初だけで、話し上手、聞き上手な幸江に導かれ、恵麻は最近起きたことを包み隠さず話してしまっていた。竹下の記事のことも、元彼と勢いで関係を持ってしまったことも。

「でも、やっぱり、バカだったのは、記事の方かもしれません」

「どうして？」

「人の人生を変えてしまったから。故意ではなかったとはいえ、いや、やっぱり、故意ですよね。記事が出たらここまでではなくても、多少の影響があることはわかっていたんですから」

「そうね。でもまあ、しかたない。ここから先は彼の人生」

「そうでしょうか」

恵麻はため息をついた。

「……なるほど」

幸江は恵麻の顔を見てうなずいた。

「何がですか？」

「祥子たちがあなたを選んだ理由」

「選んだ？」

「祥子が今、大阪に行こうと思っているの、聞いてる？」

「あ、前に聞きました」

「で、彼女はあなたに、シェアハウスの管理を任せたいと思ってる」

「それもちょっと聞きました」

「どうしたい？　あなたは？」

どうしてそんなことを幸江に聞かれるのだろう。恵麻は軽く首を傾げた。

「ああ、ごめん。急に私がそんなことを聞いたら驚くよね。あのシェアハウスには私も出資してるの。だから、管理人が代わるなら、どんな人なのか確かめたくて」

「そういうことだったんですか」

「もちろん、祥子とあなたの選択次第だけど……私はそろそろもう、祥子に幸せになってもらいたい。大阪に行ってもいいと思ってるんだ」

「はあ」

「あなたなら、シェアハウスを任せられる」

「そうでしょうか？」

「悪くない仕事だと思うよ。共用部分の掃除《そうじ》や庭の手入れなんかを数軒分やるだけで、普通に暮らせるくらいのお金は入ってくるし、住み込みだから家賃はタダだしね」

「そうですね」

「もちろん、手が空《あ》いた時に見守り屋もできるし」

「でも、バカですよ、あたし」

恵麻は思わず、言った。ちょうど、自分が一番ダメな話をしたばかりだ。

「後悔しているんでしょ。それならいい。後悔もなく、これからもそういう記事を書き続けたいならちょっと、と思っていたけど」

「書きません。もうこりごり」

「だったら、考えてみて」

翌朝、部屋を出る時、これからご飯を食べて、お酒を飲んで帰ると話すと、幸江は「少し不思議な店があるから行ってみたら」とその店を教えてくれた。

スマホの地図アプリで、聞いた店名を検索し、だいたいこのあたりだろうと見当をつけてその方向に進んでいった。

なんだか、急に涼しくなった、と恵麻は気づいた。

昨夜、家を出てきた時、長袖《ながそで》のブラウスに薄手のストールを念のため巻いてきた。今はそのストールを身体に巻き付けるようにしないと、全身が冷えてきて震えそうだ。

地図の通りに歩いてきたのに、風景は商店街から住宅街に変わっていき、さらにマンションが立ち並ぶ、無機質なものに変わっていった。

――こんなところに、居酒屋があるのかしら？　それとも普通のお家《うち》みたいな店なのかな……？

だんだん不安になってきた。

そこからまた数分歩いて、やっと地図に丸い印が付いている場所に来たけれど、店らしきものがまったく見当たらない。シャッターを閉じたクリーニング店とマンションが並んでいるばかりだ。ぐるりとあたりを回って、やっとそれらしい店を見つけた。

しかし、朝日に照らされた店内は暗く、第一印象は「今日はお休みか……？」というものだった。店のガラス戸は固く閉じられ、中が見えないように一面に紙が貼ってあるのも気楽に入れない雰囲気を醸《かも》し出している。

外壁に手書きのメニューが貼ってあった。店主の几帳面《きちょうめん》な文字――たぶん、女性が書いたものと思われる字で、

〈朝4時半より飲めます。〉

と書いてあり、「朝」の文字に赤丸、それ以外に波線が引いてあった。

お飲み物、ビール大、中、小、日本酒、焼酎《しょうちゅう》……と最初の列がアルコール類、次の列が、おつまみ単品、玉子焼、ハムエッグ、オムレツ、納豆オムレツ、枝豆、冷奴、ニラ玉子とじ、野菜炒め、など。一番下に、その他として、やきそば、やきうどん、目玉やき丼《どん》、カレーライス、オムライス……などが並んでおり、店の間口の狭さに比して、メニューの数がすごかった。

恵麻がメニューを一つずつ見ていると、中から男性の太い笑い声が聞こえてきた。やっていないように見えるけど、営業しているのかも、と貼ってある紙のすきまからそっとのぞいて驚いた。

中は細長い造りで、カウンターと四人掛けのテーブル席が三つある。そのテーブル席が全部、中年……いや、もう老年と言っていいような男たちでぎっしり埋まっているのだった。皆、ジャンパーのようなものを羽織《はお》ったラフな格好で、酒を飲んで赤い顔をしている。そして、一様に腹が出ていた。

開いているのは嬉しいが、これはこれで……。

――入るのは、なかなかハードルが高い……。

恵麻は考えた。このまま、駅に戻ってどこかカフェでも探し、モーニングでも食べて帰るか、はたまた、コンビニにでも寄って適当に弁当でも買うか……。

もう一度、すきまから中をのぞく。

おじさんたちはかなり酔っているが、楽しそうだ。決して、嫌な酔い方ではないことはなんとなくわかる。そして、その時、カウンターの奥から女性店主らしき、高齢の女性が出てきた。頭に三角巾《きん》を巻いてメガネをかけ、どことなく優しそうで上品な人だった。

あの人なら大丈夫。不思議とそんな確信がわいてきて、恵麻は一度大きく息を吸ったあと、引き戸を開けた。

店の中のすべての人が一瞬、こちらを見たような気がした。

「いらっしゃいませ」

恵麻に気づいた店主がすぐに声をかけてくれてほっとした。

「いいですか？」

恵麻は手前のカウンター席を指さしながら尋ねた。

「どうぞ。お食事ですか？　お酒ですか？」

「あ、どちらも……」

「今、焼きそばは切れちゃってるんだけど」

「あ、大丈夫です」

恵麻が椅子《いす》に座ると、彼女は「お疲れ様」と言って、にこりと笑った。

お疲れ様、それはここの店の決まりの挨拶《あいさつ》なのだろうか、それとも……。

ふと、目頭《めがしら》が熱くなって、自分の方が驚いた。それがこぼれないよう、恵麻は上を向いて、壁に貼ってあるメニューを見た。

一番大きな壁にメニューの札が何十も下がっている他、二十センチ×十センチほどの紙に手書きで料理名を書いたものが店のいたるところに貼ってあった。

恵麻の目の前にも「コロッケ二つ」「メンチカツ二つ」「お餅《もち》一つ」「鯵《あじ》の開き」「冷奴《ひややっこ》」「アジフライ」「うるめ丸干し」など単品料理のメニューが並んでいる。

――圧倒されそう。何がおいしいのかな。

おじさんたちのテーブルを盗み見ると、玉子と何かを炒めたようなものや焼きそばなどがあった。だけど、それより酒が多いようだ。食べるより、飲む、という店なのかもしれない。

ふっと、地図を見ながら歩いている時、近くに大きなタクシー会社があったことを思い出した。もしかしたら、そこの人が勤務明けに来ているのかもしれない。

「何にしますか?」

また、店主に尋ねられる。親戚のおばあちゃん、いや、伯母《おば》さんのような温かさと親しみがある人だった。

「とりあえず、ビールと」

「ビールは大でいいですか?　中?」

「中にしてください」

「はい」

「それから、オムライスを」

「はい」

ビールとグラスを持ってきてくれたあと、彼女はカウンターの奥の、カーテンの中に消えた。

ビールはキンキンに冷えていて、グラスはこういう場所でよく見る、少し小さめのものだ。

――でも、これがいいんだよなあ。手にしっくり馴染む。

店主はしばらく戻ってこなかった。オムライスを一から作ってくれているのかもしれない。

カウンターの上に、今届いたばかり、という感じのスポーツ新聞が置いてあった。不祥事《ふしょうじ》を起こした野球選手の顔写真が大きく載っている。恵麻は手に取って、なんとなく記事を読んだ。スポーツ新聞を読むのは……ネットでなくてこういう紙のを読むのは十年以上ぶりかもしれない。

何より、家族に許してもらわないといけない……そんな言葉が並んでいた。写真の中の、泣き出しそうな大の大人の顔を見ていたら、急に、あのこと――自分が書いた記事から始まった一連の出来事を思い出してはっとした。

――あ。逆に言うと、あたし、忘れていたわ。この店に来てから、一瞬、あのことを忘れていた。ここ一ヶ月、一度も忘れられなかったのに。

恵麻は大きく息を吸って、吐いた。

「お待たせしました」

その時、ことん、と目の前にオムライスが置かれた。

「あ、ありがとうございます。いただきます」

やっぱり、親戚の家か友達の家で食べてるみたいだ、と思いながらスプーンを取った。

大きさは少し小さめ、だけど、これがいい。朝ご飯としてもいいし、たくさんお酒を飲んだあと〆に食べるのにもいいのだろう。チキンライスを薄い玉子焼きで包み、赤いケチャップが真ん中にのっている、定番のオムライスだ。脇にはレタスが添えてある。

「いただきます」

つぶやいてから、スプーンで一匙《ひとさじ》すくって口に入れる。

玉子が柔らかい。外側はきれいに焼けているのに、内側はとろりとしている。それがチキンライスと混じり合っている。

「ああ、おいしい」

思わず、声が出てしまった。ケチャップのわずかな酸味に薄焼き玉子の柔らかさが絶妙だ。チキンライスの中にはほとんど何も入っていないようだけど、時々、少し甘く感じるのでよく見ると、コーンが混ざっていた。ミックスベジタブルではなく、単体のコーン。それがこの店の個性を出していた。

もしも、評するなら「なんということはないけどおいしい」とかいうのかもしれないけど、そうではなくて、なんということもないように見えて、その実なかなか味わえないものなのだ、という気がした。

オムライスを味わっていると、飲んでいる十人以上のおじさんたちの話が次第に耳に入ってきた。

「毎年、俺たちの給料から天引《てんび》き、天引き、天引き……」

いったい、何を天引きされているのだろう、と耳を澄ますのだけど、結局、彼は天引きをくり返すばかりで内容まではわからなかった。

「年金の額って知ってる？　あれ、給料の額で決まるの。だから、あんまり期待できない」

「あいつがさ、三万、急に全員に配ったんだよ。だけど、その金がどこから出てるのかわからねえ」

皆、思い思いに話していて、あまり、お互いの話を聞いていないようだ。

「お母さん、ボトル入れられる？　ボトル、なんだっけ？」

女性店主はキンミヤ焼酎の瓶を渡しながら、別のテーブルをふと見て、「お茶、淹《い》れましょうか？」と尋ねた。

彼らの前にあるお茶のグラスが空《から》になっていた。

「あ、そう？　じゃあ、ビール、もう一本」

「あら。ごめんなさい。催促《さいそく》したみたいになって。お茶がないんじゃないかって。私、いつも気が利かないものだから」

「いや、ビールください」

「いいの？　本当にごめんなさい。催促したみたいで」

たくさんの人がダミ声で話しているのって、なんだか落ち着く、と恵麻は思った。まだ少しビールが残っていたので、何か追加しようと思った。

女性店主と目が合って、軽く会釈《えしゃく》する。

「すみません……ポテトサラダとか、できますか？」

「できますけど、これから茹《ゆ》でるから時間がかかるかも」

「あ、じゃあ、コロッケとか一つだけもらえますか？　もう少しだけ何か食べたくて」

「それならすぐできますよ」

また、奥に引っ込んで、しばらくすると、彼女はコロッケが一つのった皿を持ってきてくれた。今度はレタスにマヨネーズが添えてある。それとは別に、ウスターソースを容器ごと一瓶、持ってきてくれた。

「ありがとうございます」

かりかりに揚がったコロッケにソースをかけて食べていたら、そう言えば、揚げたてのコロッケを食べるのって久しぶりかもしれない、と思った。

ちょっと脂っこいコロッケを口に入れてビールを飲み干した。

お勘定を頼んで、お金を払っていると、女性店主が丸く目を見張って、「どうしてここに来てくれたんですか？　旅行の帰りとかですか」と尋ねられた。

「いえ、仕事の後です」

なんと説明したらいいのか迷いながら、「ここの店、おいしいって教えてもらって」と答えた。

「ああ、そうですか」

彼女はにっこりと微笑《ほほえ》んだ。

「また来てくださいね」

「はい。また来ます」

外に出ると、ほんの少し、空気が暖かくなっていた。そして、恵麻の身の内もほんのり温かくなっているのを感じた。

第十二酒　稲荷町　蕎麦

「そうなの、大阪に行っちゃうのね……」

祥子の客、梅田直子《うめだなおこ》はさびしそうに言った。

彼女の家は老舗《しにせ》の仏壇屋《ぶつだんや》だった。約十年前に息子に譲《ゆず》ったあと、店をビルに建て直して、一階を店舗、二階を貸し事務所にし、そこから上を賃貸《ちんたい》マンションにしている。彼女はひとりでその一部屋に住んでいた。大通りを一本入った場所にあるからか、店の売り上げよりも、上階の家賃が主な収入源なのだと、問《と》わず語《がた》りに説明された。

「なんだか、さびしいわ」

恵麻は最近、直子のような、祥子の得意客の家に一緒に行くことが多かった。

いわゆる、仕事の「引き継ぎ」で、祥子の方には給料は出ない。それでもかまわないから一緒に行って、ちゃんと紹介したい。そこまでしたいと思うほど大切な客が、祥子には何人かいた。

「本当に、お世話になりました」

祥子が深く頭を下げると、直子は目を潤ませながら恵麻に説明した。

「祥子ちゃんが初めて来た時にはね、夜中にうちの店を勝手に開けちゃって、お客さんを接客したの。久しぶりにね」

あの時は楽しかったわあ、とつぶやく。

「その後も夜中に店を開けたりしたんですか？」

恵麻は二人の顔を交互に見ながら尋ねた。今後ここに来た時、店を一緒に開けて欲しいと言われたら、どうしたらいいのだろう、と考えながら。

「いえ。あれからはやってない」

二人は顔を見合わせて笑った。

「息子たちも観念したみたいで、時々、昼間に店に立たせてくれるようになったの。あたしが勝手に開けるくらいなら、自分たちの管理下でやらせた方がましだと思ったんじゃない？」

「管理下でって」

恵麻も笑った。

「いえ、本当よ。でも、あたしが店に出るとそこそこ売り上げがあるもんだから、やっと認めてくれた」

「それはよかったですね」

「ええ。そのお給金で、祥子ちゃんに来てもらってるの」

「ありがとうございます」

祥子はまた頭を下げた。

「でも、大阪に行っちゃうのねえ」

「祥子さんは幸せになるんですよ」

恵麻は座を取りなした。

「そうねえ。あなたにはお幸せになって欲しいわ」

直子が祥子を見つめる目を見て、自分はこれからこんなふうに見守り屋として客との関係を築いていけるだろうか、と思った。


仕事を終えて、十一時少し前に直子の家を出た。いつもの時間より遅い。祥子との別れを惜しむ直子が、何杯も何杯もお茶を淹《い》れて、なかなか帰してくれなかったからだ。

「遅くなってごめんね」

「いいえ」

「恵麻さん、これからどうする？　疲れているならまっすぐ帰ってもいいけど……」

「いえ、せっかくだからどこかでご飯食べて帰りませんか？」

祥子が大阪に発《た》つのは、来週だと聞いていた。こうして一緒に仕事をするのも、これが最後かもしれない。

「いいの？　そうしようか。遅くなったおわびに私がおごるわ」

「え？　本当ですか？　どこにします？　祥子さん、行きたいお店、ありますか」

「このあたりだと、前に、ビリヤニの店に行ったことがあるんだけど……」

「ビリヤニってインドの炊き込みご飯ですよね」

「そう。その店は安いし、ボリュームもあるし、おいしかった。だけど、恵麻さんが別に行きたいところがあれば……」

「実は、近くに有名な立《た》ち食《ぐ》い蕎麦、って言っても椅子《いす》はあるんですけど、その本店があって、一度行ってみたいなあって思ってたんですよね」

「前にも立ち食い蕎麦が好きって言ってたもんね。いいじゃない。私はあまりそういう店には行ったことがないから、行ってみたい」

「いいですか？　あたしもこっちに来ること、あまりないので……」

恵麻はスマホを出して、マップを見ながら店の方向に歩き出した。しばらくすると、店の前に立っているウルトラマンが見えてきた。

「この信号を渡ったところです」

「え？　恵麻さんが言う蕎麦屋って、あの店……？」

祥子が戸惑《とまど》い気味の声を出しながら、そこを指さした。

「はい。あれだと思います」

「ずいぶん大きなウルトラマンね」

確かに、それは小学校中学年くらいの背丈《せたけ》があった。

「大丈夫ですか？」

「大丈夫。なかなかユニークな店だね」

「ファンには有名だから、なんとも思いませんけど、確かにいきなりだと驚きますよね」

「ちょっとね」

話しながら、横断歩道を渡った。

ウルトラマンは腰に手を当てて、首からホワイトボードを下げていた。お薦めのセットメニューなどが書かれている。ミニかきあげ丼セット、ミニ豚ラー飯、ミニ牛すじ丼セットなど、ボリュームのあるメニューが多い。

「でも、本当に有名店なんです。それに、十一時からしかやってないから、普段は時間が合わなくってなかなか行けないんですよ」

「じゃあ、入ってみようか」

意を決したように祥子が言った。

店の外壁には写真とメニューが大きく貼られている。

「塩だしそばとラー油がかかったラーそばが人気なんですよね」

「あ、いいね」

開店時間とほぼ同時に店の引き戸を開けた。

「いらっしゃい」

男性店主がカウンターの上に載せていた椅子をおろしているところだった。

「もう、いいですか?」

「大丈夫ですよ。お好きなところにどうぞ」

入口のところに券売機があった。

「何にしよう」

祥子がまじまじとそれを見つめる。

思っていた以上にたくさんのメニューがあった。もりそばや月見そばなどの普通の蕎麦屋らしいメニューが上段に並んでいる。その後に、究《きゅう》極《きょく》の塩だしそば、ゆず抹茶《まっちゃ》もりそば、かきあげ天そば、塩だし鳥そばなどの塩だしメニュー、そして、恵麻のお目当てのラーそばや豚ラーそばなどが続く。他に、貝だしそば、牛すじそば、カレーそばといった個性派そばのメニューも充実している。さらに、親子丼やカツ丼、卵かけご飯など、ご飯ものも豊富だ。

「あたしは豚ラーそばにします……あ、ちょっと高いですけどいいですか？」

それは千円以上した。

「もちろん。なんでも好きなもの食べて。私は鶏肉の入った、塩だし鳥そばにするかな。飲み物はどうする？」

「あ、ホッピーがある！　祥子さん、一緒に飲みません？　ホッピー一瓶だと結構量があるから、二人で飲む方がいいと思うんですよね」

祥子は一瞬、驚いたように黙ったあと、「いいよ」と言った。

「ホッピー、黒と白、どっちに？」

「私はなんでもいいよ」

購入した食券を店主に出しながら、「ホッピーは黒で、〝中《ナカ》〟を一つ追加してください」と頼み、一番端の席に並んで座った。

「ねえ、今の中、っていうの、何？」

「ホッピーの中身です。氷と焼酎《しょうちゅう》が入ったグラスのことです」

「ああ、なるほど」

そんなことを話していると店主に話しかけられた。

「……お二人、仕事終わりですか？」

「はい」と二人の声が重なり、思わず、顔を見合わせて笑った。

「やっぱりね。朝から飲むから、仕事が終わったんだろうなと思いましたよ」

それだけ言うと、彼はそばを作り始めた。

「ばれちゃいましたね」

祥子にささやいた。

「そうね」

まず、黒のホッピー一瓶と、焼酎と氷が入ったグラス二つが、カウンターの向こうから差し出された。

恵麻が受け取って、ホッピーを両方のグラスに注《そそ》いだ。祥子がその瓶をまじまじと見て言った。

「……実は私、ホッピーを飲むの初めてなの」

「え？　祥子さん、あんなにお酒飲んでるのに？　仕事のあと、必ず毎回飲んでたんですよね？」

「そう。だけど、ホッピーって今まで選ばなかった。だいたい、ホッピーがある店にはビールがあるでしょ？　だから、無条件でビールを飲んでた。なんとなく……ここまで飲まないできてしまった、って感じ」

祥子がグラスを傾けたので、それに自分のグラスを軽く当てた。

「乾杯《かんぱい》」

「祥子さんの門出《かどで》に」

祥子は肩をすくめた。

「どうかな」

ぐっと飲む。

「おいしい。あたしも久しぶりだったんです、ホッピー。やっぱり、たまにはいいな」

「本当。おいしいね。飲みやすい黒ビールみたい。これまでなんで飲まなかったんだろう」

「あたし、前付き合っていた人が」

ふっとタケルの名前が出そうになって口をつぐんだ。

「まあまあ好きで、昔はよく飲みました」

「そうなの」

祥子が訳知り顔にうなずいたので、恵麻ははっとした。

「もしかして、聞きましたか？」

「何を？」

「幸江さんから……あたしが元彼と寝たこと」

「ううん」

祥子は驚いたように首を振った。

「幸江はそういうこと、他で話すような人じゃないよ」

「だけど、祥子さんとは親友でしょ？」

「……まあね。だけど、親友だからって話さないよ」

「あ、そっかー。やだ、あたし、自分から言ってしまった」

恵麻は肩をすくめた。

「そんなこと、あったの？　彼ってあの、前に婚約してた？」

「そうです」

「また、どうして」

恵麻は先日の出来事を説明した。

「……よくないですよね？」

「いえ、それは恵麻さんが決めることだから……」

祥子は困ったように笑った。

「幸江さん、あたしのこと、呆《あき》れてましたか」

「そんなことないんじゃない？　幸江、恵麻さんにシェアハウスを任せてみようって言ってたから」

「あ」

恵麻は思わず、姿勢を正した。

「そのことも、ありがとうございます」

祥子が大阪に発ったあと、恵麻がシェアハウスの管理をすることになっていた。祥子と幸江が経営している物件はもう一軒あって、そちらは男性が四人住んでいる。

恵麻がやることは共用部の掃除《そうじ》と庭の手入れくらいで、八人分の管理費と家賃の十パーセントをもらうことになっていた。それ以外の時間は他の仕事をすることも可能で、引き続き、見守り屋は続ける。ただ、住人が一人でも退去すると、その分の収入は減ることになるので、きちんと管理をしないと、それが自分に返ってくることになる。

「いろいろお世話になって……」

「ううん。やっぱり、恵麻さんに頼むのが一番だもの。私たちも気心《きごころ》が知れた人にお願いできて、ありがたい」

「そう言っていただけると、あたしも嬉しいです」

「塩だし鳥そばと豚ラーそば、できました」

店主に大きな声で呼びかけられた。

「あ、あたし、取りに行きます」

恵麻はカウンター席から立って、そばを運んだ。

「ありがとう……あら、すごい」

祥子は恵麻のそばを見て笑った。

「本当、なかなかすごいですね」

恵麻の丼《どんぶり》には、一枚の大きな海苔《のり》が蓋《ふた》をするように置かれていて、真ん中に赤黒いラー油と思《おぼ》しき調味料がのっていた。

「なかなかにワイルドなそばですね」

恵麻は海苔に鼻を近づけて匂いを嗅いだ。

「あ、これ、韓国海苔みたいです」

「おいしそう」

祥子の方のそばは、その名の通り、透き通ったつゆが張られ、鶏肉とネギがのっていた。

「じゃあ、食べましょうか」

「はい」

恵麻はまず、海苔を少しずらした。すると中から茹《ゆ》で豚とネギがのったそばが顔をのぞかせた。つゆはさほど多くなく、底に溜まっている。

肉と麵とつゆを大きくかき混ぜて、一口すする。ラー油はそう辛くない。ごま油とそばつゆが混ざり、柔らかい豚肉と絡まって、ボリュームがありながらさっぱりした食べやすい味だった。

「ああ、これ、おいしいなあ」

思わず、声に出して言いながら、ホッピーを飲んだ。パンチのあるそばにとても合う。

「こっちの塩だしもおいしい」

祥子が静かに言った。

「それにホッピーも。人気があるのわかる。今まで飲まなくて損しちゃった」

「ですよね」

恵麻は海苔を思い切って破り、細かくしてそばに混ぜ込んだ。韓国海苔のごま油の風味と海苔の旨みが、そばや肉と合わないわけがない。

味の濃い、おつまみのようなそばだった。一口食べるごとに、ごくごくと喉《のど》を鳴らしてホッピーを飲んだ。手が止まらない。

しばらく無心で食べたあと、恵麻は尋ねた。

「大阪に行くこと、明里ちゃんは大丈夫なんですか？」

すると、祥子の肩がピクッと動いた。聞いてはいけないことを聞いたかな、と恵麻は少し後悔する。

「もちろん。明里が少しでも嫌がったり、拒否したりすることがあったら、絶対に決めてない。彼女の長期休みのときはこっちに戻るつもりだし」

「そうですか」

ただ、明里ちゃんも気を遣って、祥子さんにも言えないことがあるだろうなあ、と思った。

「それに、角谷さんもできるだけ早く、東京に戻れるように考えてくれているし。たぶん、一年くらいで戻れるんじゃないかと思うけど」

祥子は、あっと小さな声を出した。

「とはいえ、恵麻さんには続けてもらえる間はシェアハウスの管理をお願いするよ。私がこっちに戻ったら、規模をもっと広げるつもりだし」

「わかってます。そんなことは心配してないです」

恵麻は少し考えて言った。

「もし、失礼な質問をしてしまっていたら、ごめんなさい」

「いいえ。大丈夫。皆、それを心配するのは当たり前だし、恵麻さんとはこれからも仕事上のパートナーでもあるんだから、そのへん、はっきり話しておいた方がいいと思って」

「はい」

そして、祥子は話を変えるように言った。

「このおそば、本当においしいね。塩だしがさっぱりしつつ、こくもあってお酒にも合う。私の好みだわ」

「そうですか」

ふっと、コロナ前ならこういう時、お互いに一口ずつ分け合ったりしたけど、今はちょっと躊躇《ちゅうちょ》するな、と思った。コロナはいろんなことを変えていったけど、自分たちの無防備な無邪気さみたいなものも奪っていった。

「ねえ、ホッピー、もう一杯ずつ飲まない？　私、おごるから」

「いいえ、次はあたしが出します。次は白にしますか」

「いいね」

恵麻は券売機でホッピーのチケットを買った。

二杯目のホッピーを、祥子はおいしそうに喉を鳴らして飲んだ。

「こっちはまたさらに癖のない、普通のビールみたい」

「そうですね」

「でも、私は黒の方が好きかなあ」

「わかります。黒くらい、癖があってもいいですよね」

「おいしい。新しい味に出会えたわ。ホッピーを勧めてくれて、ありがとう」

「そういえば、あの方、どうなりました？　ほら、あの、南池袋のお母さんで……」

自然と、周りに聞こえないように、声が小さくなった。客は二人しかいなかったが。

「ああ、パチンコの人？」

「はい」

「今、頑張ってるよ。恵麻さんに見つかったあと、それを正直に旦那さんに話して、すごく怒られたらしい。もう信じられないとまで言われたけど、今は真面目《まじめ》に自助グループに通ってる。今度こそ、頑張るって」

「そうですか」

「旦那さんに私のことも話したみたい。そしたら、彼が依頼してくれて、時々、話したり見張ったりしてる」

「よかった……気になってたんですよね」

二人でもう一杯ずつ、中をお替わりして飲んでいると、十二時近くになってきた。

恵麻は最後にどうしても聞きたいことを尋ねた。

「祥子さんがまた、角谷さんとやり直そうと思ったのはなんでなんですか？」

「……恵麻さん、やっぱり、なんでもはっきり聞くねえ」

祥子は苦笑いした。

「すみません。でも、もう三杯目だし。ちょっと酔ってきたんで」

「ふふふ。恵麻さん、絡み酒だったの？」

「これは絡むって言いませんよ。ただの質問です」

「質問酒か。そういう人、いるよね。酔ってくるとやたら質問する人」

「それに祥子さんが大阪に行ったら、もう、なかなかこうして飲めないかもしれないし」

「そんなことないよ。恵麻さんも大阪に遊びに来てよ」

「あ、ぜひ。行きます。で、なんでなんですか？　彼のことは？」

祥子は困ったように微笑《ほほえ》んだ。

「そうねえ」

首を傾《かし》げた。

「いろいろある。角谷さんはいい人なんだけど、ちょっと不安定なところもあって、時々、よくわからなくなる。でも、私たち……私と明里のことを一番考えてくれている人でもある。これまで彼とうまく行かなくなった時のことをもう一度、思い出してみたの。そしたら、そのすべてがお互いに遠慮しすぎて、考えすぎていた時だったのね。だったら、もう少しお互いを信頼して、話し合ったり相談したりしたら、もっとうまく行くんじゃないかって思った」

「ふーん。そういう関係を築くことになるのは、何か特別な出来事とかあったんですか？」

祥子はしばらく考えて首を振った。

「何もない」

「え？」

「何もない。ただただ、よく話し合った。私も大阪に何度も行ったし、彼もこちらに来てくれて」

「それだけ？」

「それだけ。だけど、こんな当たり前のことに気がつくのに、四年以上もかかってしまった」

祥子はホッピーのグラスを持って、一口すすった。

「大阪では郊外にちょっと大きめの一軒家を借りることになったんだけど、明里の部屋もあるの」

「へえ」

「いつでも来れるし、なんなら、高校からはこちらに来てもいいよ、って言ってある。明里もちょっとその気になっているみたい」

「なるほどね」

「ただ、やっぱり、一番大きかったのは……」

「だったのは?」

「好きだから」

「へっ?」

祥子のストレートな答えに驚いて、恵麻はグラスを置き、祥子の顔を見た。彼女は照れていたが、まっすぐこちらを見ていた。

「好きだから。角谷さんが」

「……そうですか」

「うん……だから、明里が大阪に来るまでは、私を必要とするなら、その時はどんなにお金を使っても、何度でも東京に来ようと思ってる。ただ、今、角谷さんを離してはいけない、と思って」

「すごいですね」

恵麻は思わず、つぶやいた。

「何が?」

「そこまで……はっきり自分のことがわかることが、です」

「そうかな?」

祥子はもうまったく照れていなかった。ただ、静かに小さくうなずいた。

「あたしも、どうしようかな」

恵麻の方がどこか恥ずかしくなって、グラスに口をつけたままつぶやいた。

「元彼のこと？」

「はい」

「付き合いを復活させるつもりなの？」

「まあ、あれから時々、彼の方から連絡が来ていて」

「そう……だけどさ」

「はい」

「これは老婆心《ろうばしん》、というか、恵麻さんが私の妹だったら、というくらいの気持ちで言うんだけど」

「お願いします」

「ちゃんとはっきりさせた方がいい。彼の気持ちを。恵麻さんが彼とやり直したいなら。本当に本気でまた付き合うつもりがあるのか、なんとなく今の関係をだらだら続けていたいだけなのか、結婚するつもりなのか。彼に聞いてみて、言質《げんち》を取った方がいい」

「あ、そうですね」

恵麻はその時気がついた。

ずっと見守られていた。あの部屋でコロナに感染して一人で倒れていて、二人に助けられた時からずっと、祥子と亀山に妹みたいに見守ってもらっていた。

「……本当にありがとうございます、祥子さん」

祥子は不思議そうに、小さく首を傾げていたが、やがて柔らかな笑顔で頷いた。

次の日、恵麻は目黒駅で待ち合わせをして、タケルと会った。会うための場所として中華料理店を予約したのは恵麻だった。祥子に相談したら、おいしい餃子《ギョーザ》屋がある、本店は蒲田《かまた》だけど、目黒の店もかなりおいしいし、安い、と教えてくれた。

「お待たせー」

タケルは少し遅れて、軽い挨拶《あいさつ》と共にやってきた。

二人でビールと餃子をたくさん頼んで、楽しく食事をした。

昔みたいに。

「……驚いたよ。恵麻が誘ってくれるなんて」

最初に頼んだ餃子を食べ終わり、追加の料理をいくつか注文したあと、タケルは目元を赤くして言った。

「そう？」

「うん。いつも俺からだったから」

「そうだっけ？」

「再会してからは」

「まあね」

そう、あの赤坂で再会してから、今ひとつ、よくわからない関係が続いていた。

「あなたはどうしたい？」

「え？　何が？」

赤い顔で不思議そうにしている彼に、少しむっときた。

「あたしははっきりさせたい。前みたいに、よくわからない理由で振られたり、いきなり一緒に住んでいた部屋から追い出されたりはしたくない。一緒にいたいなら、ちゃんと、付き合うということをあなたの口から聞きたい」

タケルはあっけにとられたような顔になった。

「じゃなきゃ、ここでお別れ」

彼が口を開こうとしたが、それを止めた。

「あ、あと、結婚以外で一緒に住むのもなし。あたしは今、シェアハウスの生活に満足してるし、そこの管理人もすることになってるから。それをあなたのために変える気はない」

「……わかりました」

タケルはうなずいた。

「何が？」

「恵麻……さんとこうやってご飯を食べたり、一緒に何かをするには、ちゃんと付き合わないといけない、それをはっきり約束しないといけない、ということ」

「そういうこと」

恵麻にもわかっていた。

約束をしたところで、関係は永遠ではないし、何かが保証されるわけでもない。今、ここで彼が宣言してくれたところで、「やっぱり、やめた」と言われたらおしまいなのだ。嘘《うそ》つき、あの時、あんなこと言ったのに、と数時間、責めることくらいはできても。

ただ、少なくとも、今、彼に選択させることはできる。

「恵麻は今、どのくらい俺に気持ちがある？　って聞くのはいけないんだろうな？」

彼は上目遣いになって尋ねた。

「別にいいよ。あなたにそのつもりがあるなら、もうしばらく試してみるのはいいかもしれない、と思ってる」

祥子と角谷の話を聞いて、もう一度、自分もタケルに関わってみようか、と考えていた。

「恵麻と別れてから、やっぱり、何かが足りないなって思った。前に別れたのは……そうだね、恵麻がここまではっきり言ってくれているから自分も話すけど、結婚することが怖くなった。自分の人生を決めることが」

「うん」

「でも、離れてみて、一緒にいたいなあと思うのは恵麻しかいないし……恵麻が試してみたいって言ってくれるなら、俺もそれに乗りたいって思う」

彼は頭を下げた。きちんと、そのつむじのところまで恵麻に見せた。

「前は、傷つけてごめんなさい。もう一度、やりなおしてほしい」

「わかった」

「わかった？」

前の別離は突然すぎて、彼のことも、二人の関係もよくわからなかった。また別れることになるかもしれないが、いずれにしろ、気が済むまでやってみよう。自分の心の中を奥までのぞきこんで、そういう結論に達した。

「こちらこそ、よろしくお願いします」

恵麻は自分が笑っていることに気がついた。

参考文献

『だいたい1ステップか2ステップ!　なのに本格インドカレー』
稲田俊輔著　柴田書店

注

祥伝社WEBマガジン「コフレ」にて二〇二三年一月から十二月まで連載され、著者が刊行に際し、加筆、訂正した作品です。

切りとり線

あなたにお願い

この本をお読みになって、どんな感想をお持ちでしょうか。次ページの「100字書評」を編集部までいただけたらありがたく存じます。個人名を識別できない形で処理したうえで、今後の企画の参考にさせていただくほか、作者に提供することがあります。

あなたの「100字書評」は新聞・雑誌などを通じて紹介させていただくことがあります。採用の場合は、特製図書カードを差し上げます。

次ページの原稿用紙（コピーしたものでもかまいません）に書評をお書きのうえ、このページを切り取り、左記へお送りください。祥伝社ホームページからも、書き込めます。

〒一〇一―八七〇一　東京都千代田区神田神保町三―三
祥伝社　文芸出版部　文芸編集　編集長　金野裕子
電話〇三（三二六五）二〇八〇　www.shodensha.co.jp/bookreview

◎本書の購買動機（新聞、雑誌名を記入するか、○をつけてください）

＿＿新聞・誌の広告を見て	＿＿新聞・誌の書評を見て	好きな作家だから	カバーに惹かれて	タイトルに惹かれて	知人のすすめで

◎最近、印象に残った作品や作家をお書きください

◎その他この本についてご意見がありましたらお書きください

１００字書評

あさ酒

住所

なまえ

年齢

職業

原田ひ香（はらだひか）
1970年神奈川県生まれ。2006年「リトルプリンセス２号」で第34回NHK創作ラジオドラマ大賞受賞。07年「はじまらないティータイム」で第31回すばる文学賞受賞。著書に『ランチ酒』『ランチ酒 おかわり日和』『ランチ酒 今日もまんぷく』（小社刊）『東京ロンダリング』『母親ウエスタン』『彼女の家計簿』『三人屋』『復讐屋成海慶介の事件簿』『彼女たちが眠る家』『ラジオ・ガガガ』『三千円の使いかた』『DRY』『定食屋「雑」』『古本食堂新装開店』などがある。

あさ酒《ざけ》

令和６年10月20日　　初版第１刷発行

著者——原田《はらだ》ひ香《か》
発行者——辻　浩明
発行所——祥伝社《しょうでんしゃ》
〒101-8701 東京都千代田区神田神保町3-3
電話 03-3265-2081（販売） 03-3265-2080（編集）
03-3265-3622（製作）
印刷——堀内印刷
製本——積信堂

ISBN978-4-396-63670-8 C0093
祥伝社のホームページ・www.shodensha.co.jp